Branislav Gjorgjevski
Pulverschwaden
Roman

Branislav Gjorgjevski

Pulverschwaden

Roman

Aus dem Mazedonischen
von
Erika Beermann

Mit einem Nachwort
von
Dzvezdan Georgievski

Weimar (Lahn) 2020

Wie sich manche Dinge offenbar nicht ändern wollen und technischer Fortschritt mit
menschlicher Dummheit, Verdummung und Zulassen
von Verdummung einhergeht wie vor Tausenden von Jahren;
wie ein gleichgesinntes Paar versucht, inmitten einer solchen
Welt sich selber treu zu bleiben, und am Ende nur ein ganz
vager Hoffnungsschimmer bleibt, und wie selbst auf größte Entfernung und unter unterschiedlichsten Lebensumständen nie-
dergeschriebene Worte zu verbinden und zu trösten vermögen
– das alles findet der Leser in dem Roman »Pulverschwaden«, um den Branislav Gjorgjevski (1986 in Skopje geboren), im Frühjahr 2018 die mazedonische
Literatur bereichert hat.

© Branislav Gjorgjevski
Barutni oblaci.
Skopje: »Akademski pečat«, 2018
ISBN 978-608-231-233-0

All rights of the German edition
© Bernd E. Scholz Weimar (Lahn) 2020

ASIN 392638526X (amazon.de)
ISBN 978-3-926385-26-0 (Bernd E. Scholz)

Prolog

Der Konvoi wurde am frühen Morgen auf Wolfshügel ent-
laden, irgendwann vor sieben Uhr. Die Soldaten stiegen
aus den Fahrzeugen und richteten sich in bereits einge-
spielter Formation ein. Ein interessanter Ort war dieses
Wolfshügel. Eine prachtvolle Anhöhe mit einem wunderschönen Ausblick auf zwei Talkessel. Besonders schön war
es im Frühling, wenn all die blühenden Kirschbäume, und
es waren ihrer bestimmt Tausende, kilometerweit ihren
Duft verströmten. Doch an diesem Oktobermorgen trugen die Kirschbäume kaum noch Blätter. Jetzt war dieser
Ort weder ein Aussichtspunkt mit Blick auf zwei Täler
noch ein Ort, der nach Kirschblüten duftete, noch der
größte Obstgarten auf Erden, wie man früher einmal gemeint hatte. Nun war Wolfshügel ein bedeutender und
vielleicht ein höchst wichtiger strategischer Ort. Die Ein-
nahme solcher Orte in Zeiten des Krieges gewährleistete
denjenigen, die ihn eingenommen hatten, einen wesentlichen Vorteil. Und Krieg ist eben Krieg, jeder ist eine traurige Geschichte. Über diesen sagte man, es sei ganz von
selbst dazu gekommen, auf einmal, was nicht im mindes-
ten zutraf. Zu keinem Krieg kommt es mit einem Mal, so
wie es auch nicht auf einmal und ganz von selbst zu einer
Hochzeit kommt. Für beides bedarf es zweier Seiten und
zumindest einer gewissen Zeit der Vorbereitung. Jedenfalls
war es zu diesem Krieg gekommen, und für keinen einzigen Teilnehmer war es wesentlich, den Grund zu wissen,

warum es dazu gekommen war. Letzten Endes gab es eine Million und einen Grund für den Krieg, und niemand war so kleinlich, sich an einem davon festzuklammern. Der Morgen setzte sein Leben auf Wolfshügel fort, und die eingetroffenen Soldaten fingen an, sich um die Wagen und Baracken herum aufzuteilen. Hunderte, vielleicht tausend Männer liefen umher und bildeten mehrere Kolonnen. Und aller Blicke ähnelten einander. Man las in ihnen Ungewissheit, Verwirrung und Gedanken, die auf die heimatlichen Gefilde gerichtet waren. Tapferkeit war nicht darin zu lesen. Diese schwebte umher und bildete einen kaum wahrnehmbaren Dunst, der sich in der kalten, doch makellos scharfen und reinen Luft auflöste. Plötzlich durchbrach das Heulen von Sirenen die von Seufzern und keuchendem Atmen erfüllte Stille. In Begleitung von vier Soldaten erschien der General. Es handelte sich um einen Mann, der erst vor wenigen Tagen fünfzig geworden war. Von fester soldatischer Haltung und mit einem Gesicht, auf dem sich die ganze Rauheit abzeichnete, die er in den letzten dreißig Jahren seines Lebens in der Armee erfahren hatte. Doch wenn es jemandem gelang, seinen Blick zu erforschen, konnte er hinter diesen unruhigen blauen Augen eine gehörige Dosis Weisheit erkennen, die ihm dank seines Alters innewohnte, und eine unerklärliche Sicherheit angesichts einer solchen Situation. Der Mann von einem halben Jahrhundert betrachtete die versammelten Soldaten ein paar Sekunden lang. Dann salutierte er und rief:

»Meine Herren Soldaten, ich grüße Sie!« Seine Worte

dröhnten den Hügel hinab so wie einst die schweren Kanonen. In seiner Rede ballte sich vielleicht die gesamte Autorität, die je auf Erden geherrscht hatte. Nachdem die Soldaten seinen Gruß in guter alter militärischer Manier erwidert hatten, fuhr der General fort:

»Meine Herren Soldaten. Kameraden. Brüder! Es ist mir eine Ehre, dass ich die Möglichkeit habe, mich an euch zu wenden, meine Söhne. Wir haben lange auf das hier gewartet. Jahrelang haben uns unsere Mütter für diesen Tag großgezogen. Und er ist gekommen. Ihr alle, egal, wer ihr vorher gewesen seid, was ihr gewesen seid und woher ihr kommt, tragt jetzt die gleiche Uniform. Alle haben jetzt dasselbe Ziel. Gott selbst hat uns dazu bestimmt, seine Religion zu retten und uns für das zu opfern, wofür Jesus vor fast zweitausend Jahren gekreuzigt wurde. Brüder, wenn ihr diese Uniformen tragt, wenn ihr in diesen Stiefeln schreitet und wenn ihr aus diesen Gewehren schießt, dürft ihr nur eines im Sinn haben. Ihr müsst die Schädlinge von der anderen Seite besiegen. Die drohen uns alle zu vernichten. Die wollen, dass von unseren Kirchen und Klöstern kein Stein mehr auf dem anderen bleibt. Die wollen, dass uns Hodschas wecken, dass unsere Söhne beschnitten werden, dass unsere Töchter unter den Schleier kommen. Das dürfen wir nicht zulassen, Brüder. Schwört bei euren ruhmreichen Vorfahren, entsinnt euch eurer tapferen Vorväter, die es um den Preis ihres Lebens nicht zugelassen haben, dass ihr etwas anderes seid als das, was ihr jetzt seid. Soldaten, kümmert euch um euren Kameraden und sagt euch niemals von ihm los. Selbst wenn er tot ist, kümmert euch darum, dass er würdig begraben wird. Unter diesem Kreuz, für das er heute kämpft. Brüder, vor uns liegt eine heilige Pflicht. Wir müssen unsere Religion retten. Wir müssen unsere Tradition bewahren. Diese beiden Dinge sind es, die uns gelehrt haben, bessere Menschen zu werden, eine schönere Welt zu schaffen, und diese beiden Dinge müssen wir verteidigen. Unsere Leben sind zweitrangig, wenn es um die Sicherheit unserer künftigen Generationen geht. Wenn wir das verteidigen, wofür unsere Vorfahren umgekommen sind. Meine Helden, ab heute müsst ihr das Wort Angst aus eurem Vokabular streichen. Verabschiedet euch von ihm und setzt an seine Stelle Tapferkeit. Die möge euren Geist erfüllen, und ihr sollt niemals wanken. Stürmt stets entschlossen vorwärts, und die Heiligen werden mit euch sein. Brüder, euer Blut ist kostbar. Und jeder vergossene Tropfen wird nicht vergebens sein. Jeder auf diesem heiligen Boden vergossene Tropfen unseres Blutes wird die Erde noch fruchtbarer machen. Eine Erde, die alle Schönheit dieser Welt birgt. Eine Erde, die die köstlichsten Früchte tragen und die schönsten und klügsten Menschen hervorbringen wird. Seid stolz auf dieses Land, denn niemand sonst hat ein Land wie dieses. Und deshalb müssen wir es gegen jene verteidigen, die es zu einem heidnischen machen wollen. Weil dies unsere Heimat ist, werden wir nicht zögern, zu ihrem Schutz zu sterben. Nein, Brüder. Selbst wenn es schwer für euch wird, besinnt euch, was geschehen würde, wenn ihr nicht hier wärt. Besinnt euch darauf, was uns erwartet, wenn wir diesen Krieg verlieren. Immer, wenn es schwer für euch wird, erinnert euch an all die wunderschönen Orte, an all die wunderbaren Menschen, die wir nicht aufgeben dürfen. Und wir werden sie auch nicht aufgeben. Meine Kinder, Gott hat uns alle Kraft der Welt gegeben, um ihn zu verteidigen. Wir dürfen und werden ihn nicht verraten. Mit dem Glauben an Gott zur endgültigen Rettung. Rührt euch!«

Der Morgen ging vorüber auf Wolfshügel. Auch der General zog ab nach seiner mehrminütigen Rede, die gemischte Gefühle hinterließ. Um der Wahrheit die Ehre zu geben, jener Dunst von Tapferkeit war eindringlicher geworden und löste sich nur schwer in der kalten Luft auf. Niemand hatte erwartet, dass gerade der General ein so guter Redner sein würde. Andererseits war ein großer Aufwand um Worte auch gar nicht nötig. Worte ließen sich leicht schmieden und fügten sich dann ganz natürlich in Sätze. Die Sätze lösten Gefühle aus, und die Gefühle riefen Reaktionen hervor. Die Reaktionen zogen wiederum Folgen nach sich, und die Folgen verlangten nach Erklärungen, für die erneut Worte und Sätze benötigt wurden. Doch wie gut der General auch gesprochen hatte, ihm war völlig klar, dass sich ein Krieg nicht mit Worten gewinnen lässt. Er wusste genau, dass die Heldentaten in den Schlachten den Krieg entscheiden. Von daher hoffte er mit dieser Rede, die er schon Dutzende Male gehalten hatte und die ihm gut geläufig war, bei den Soldaten das Gefühl von Tapferkeit hervorzurufen, die im Weiteren zu tapferen Reaktionen führen würde. Und die Soldaten wiederholten sich bereits die eben gehörte Rede. Sie fingen an, über die Worte des Generals nachzudenken. Und sie fuhren damit sogar fort, als sie sich auf die für ihre Einheiten vorgesehenen Baracken verteilt hatten. Sie wussten, dass sie dort, auf dem Schlachtfeld, keine Zeit mehr zum Nachdenken haben würden, deshalb war hinsichtlich aller Zweifel jetzt die letzte Gelegenheit, sie zu klären. Und sich selber klarzumachen, wie es kam, dass man hierher gelangt war, und wie man diese Zeiten überleben würde. Danach würden sie so leben, wie die anderen es für sie entscheiden würden. Ebenso wie andere auch in diesem Lager entschieden.

Erster Brief

Liebe Eleonora,
nun sind es bereits zehn Tage, seit wir das Rekrutenzentrum verlassen haben. Wir befinden uns jetzt in einer Kaserne in der Nähe von Wolfshügel. Soweit ist es gut. Von jetzt an werden wir uns ohne irgendwelche Probleme schreiben können. Meine Feldpostnummer ist 21/18. Gib diese Nummer immer an, wenn Du mir einen Brief schicken willst. Mir geht es relativ gut. So gut, wie es einem Menschen gehen kann, der in einen Krieg geraten ist, der nicht der seine ist. Ich habe etliche Leute kennengelernt. Immerhin haben wir alle eines gemeinsam. Wir haben alle die gleiche Uniform und dieselbe Angst vor der Ungewissheit. Unabhängig davon, welchen Beruf wir vorher gehabt haben, sehen wir jetzt alle klein und unbedeutend aus. Bauern, darauf vorbereitet, geopfert zu werden. Stumme Ausführer von irgendjemandes fremden, kranken Ideen. Unsere Truppe zählt fünfundzwanzig Mann. Das sind fünfundzwanzig menschliche Schicksale, die das Unglück gehabt haben, hier zu leben. Zu ein paar von ihnen habe ich ein recht gutes Verhältnis. Igor ist ein Bursche von einundzwanzig. Vorher war er Mechaniker. Er wirkt auf mich irgendwie naiv. Ein Teil von ihm glaubt an diesen Krieg, und ein anderer möchte am liebsten davonlaufen. Da ist auch Stojčevski, einer unserer bekannten Basketballer. Das ist ein ziemlich gesprächiger Typ. Er will immerzu von dem erzählen, was ihm zu schaffen macht, selbst wenn ihn keiner danach fragt. Bisweilen ist er anstrengend, doch es ist keine böse Absicht dabei.

Und man kann es ihm auch nachsehen, wenn man mich fragt. Trotzdem, diese Situation verändert die Menschen, und es wäre auch dumm zu erwarten, dass sie, bzw. dass wir dieselben wären, die wir gewesen sind, bevor wir hierher kamen. Unter denen, die ich näher kennengelernt habe, ist auch Dimitrija, ein Mann von über fünfzig, der aus einem kleinen Ort im Osten stammt. Ein Mensch von schlichtem Gemüt, der dazu neigt, Unrecht in Ordnung zu bringen. Früher war er Metzger, und darauf ist er besonders stolz. Zuweilen stellt er sonderbare Überlegungen an, die oft widersprüchlich sind. Dann sind da noch Rodžo und Lucky, junge Männer aus der Peripherie der Stadt, früher einmal kleine Delinquenten, heute haben sie die Rolle von militärischen Spezialkräften übernommen. Die beiden meide ich, da ich finde, dass gerade dieser Typ von Leuten uns dahin gebracht hat, wo wir jetzt sind. Sie treten stets paarweise auf, und stets ermutigt sich der eine mit dem anderen, wenn es gilt, eine Meinung zu vertreten. Sie reden nicht viel mit uns, sie brüsten sich bloß überall damit, dass sie bereit sind, schon morgen aufs Schlachtfeld zu ziehen. Im Übrigen wird hier auch nur selten geredet. Wir alle warten auf etwas, jeder ist sich selbst mit seinen Ängsten überlassen, und jeder gibt sich seinen eigenen Hoffnungen hin. Und dann ist da bei uns auch noch Rade, ein Bankier aus der Provinz, der fast überhaupt nicht redet. Er putzt ständig das Kreuz an seiner Kette und bekreuzigt sich oft. Von dem Wenigen, das ich über ihn erfahren konnte, habe ich nur begriffen, dass er zu Hause zwei Kinder im Alter von fünf und drei Jahren zurückgelassen hat. Vielleicht ist es deshalb für ihn am schwersten. *Wir Übrigen, außer Dimitrija, der einen zwei-undzwanzigjährigen Sohn im Ausland hat, haben keine nach-folgende Generation, deshalb fühlen wir auch nicht besonders mit ihm. Und das sind die Leute, mit denen ich die meiste Zeit verbringe. Ich weiß, das ist keine besondere Gesellschaft, und ich würde mir gern ganz andere Figuren aussuchen, doch es ist eben, wie es ist. Und ja, zu guter Letzt sollte ich auch noch den Hauptmann erwähnen. Ein Mann von vierzig Jah-ren, besonders diszipliniert und streng. Es scheint, dass er sich für diesen Krieg wie auf seine größte Prüfung im Leben vor-bereitet hat. Hier, in diesem Wahnsinn, sieht er eine Chance für sein Vorankommen, für seinen Aufstieg, die Chance seines Lebens auf Verwirklichung seines größten Wunsches. Zum Glück wendet er sich nur selten an uns, und die ganze Un-terhaltung besteht lediglich aus Kommandos und Befehlen. Und was mich angeht, ist das völlig in Ordnung. Ich würde kein Gespräch welcher Art auch immer mit ihm führen mögen. Und mir scheint auch, dass ich gar nicht wüsste, wo-rüber wir reden sollten. Irgendwie habe ich meine Zweifel, dass er mehr kennt als die Kriegsterminologie, und sein Aus-sehen flößt mir keine Hoffnung ein, dass er mir irgendetwas Gescheites beibringen könnte.*

Also, Eleonora, ich finde mich hier gut zurecht. Ich bemühe mich, so gut ich kann, mich nicht von den Anderen abzuson-dern. Einige haben angefangen, mich zum Spaß »Professor« oder »Schreiberling« zu rufen, doch das gehört bei diesen Gruppen dazu. Soweit zum sozialen Element. Was das Per-sönliche anbelangt, finde ich, dass ich mich noch ganz an-

ständig halte. Tief drinnen in mir hoffe ich, dass das hier bald vorbei ist, obgleich der rationale Teil von mir weiß, dass dies alles noch nicht einmal der Anfang ist. Trotzdem ist es gut, dass ich hier fast keine Zeit zum Nachdenken habe, außer in diesen Momenten, wo ich Dir schreibe. All diese erschöpfenden Übungen, das frühe Aufstehen und das frühe Schlafengehen lassen mir keinen Raum, um den Gedanken freien Lauf zu lassen. Doch allmählich komme ich in Form. Allmählich gewöhne ich mich an schwere physische Anstrengungen. Ich sage mir im Spaß, dass hier der rechte Ort ist, um die Kilo loszuwerden, die ich zuviel habe. Letzte Woche waren wir auf einem Marsch. Zehn Kilometer unebener Weg mit vollständiger militärischer Ausrüstung. Trotz der Anstrengung war es eine Erleichterung. Es war so interessant, seit langem wieder einmal zu empfinden, wie es ist, mit seinen Gedanken und Schritten allein zu sein. Man schreitet fort und fort und wünscht sich bloß, dass es andauert. Das unebene Gelände stört einen nicht, auch nicht die Druckstellen von den zu engen Stiefeln oder die deformierten Füße … man schreitet bloß aus, blickt auf den Boden unter sich und denkt unaufhörlich daran, wie man dem allen hier entkommen könnte. Und man läuft den Gedanken davon. Aber diese laufen wie zum Trotz mit einem mit. Sie verfolgen einen mit jedem neuen Schritt, mit jeder schmerzhaften Grimasse, mit all jenen Bildern, die einem zeigen, was man einmal war, oder wenigstens, was man sein könnte. Gut ist das. Und schlecht ist das. Ich versuche, die Gedanken zu entfernen wie Steinchen aus den Schuhen. Und ich beginne zu laufen, in der Hoffnung, dass es mir irgendwo gegen Ende des Marsches trotz allem gelingen wird, vor mir selber davonzulaufen. Und es gelingt mir. In einem bestimmten Moment sehe ich mich selbst aus großer Entfernung. Als wäre es mir gelungen, in die Wolken einzudringen und von dort aus unsere ganze Truppe zu sehen, wie sie entschlossen im jungen Mondschein marschiert. Doch schon im nächsten Moment berühren meine schweren Stiefel wieder den Boden und hinterlassen Spuren, die niemandem etwas bedeuten. Und meine Gedanken lasse ich unter diesen Spuren zurück. Gedanken, die nicht von langer Dauer sind, aber trotzdem tut es mir nicht leid um sie. Es ist einfach so. Manche Gedanken sind mächtiger, wenn man sie verschweigt. Und hier gibt es eine Menge Gedanken, die man verschweigen sollte und muss.

Und wie geht es Dir? Wie ist es in unserer Stadt? Wie lebt Ihr dort? Was hat sich verändert? Werden meine Stücke noch gespielt? Ich hoffe, dass Dir dieser Brief wenigstens ein einziges Lächeln entlockt. Ich hoffe, dass es Dir gut geht und dass Du allmählich anfängst, Dich an meine Abwesenheit zu gewöhnen. Dabei fällt mir ein, dass über ein Monat vergangen ist, seit wir das letzte Mal Verbindung hatten. Was ist inzwischen alles passiert? Was freut Dich, was stimmt Dich traurig in diesen düsteren Herbsttagen? Du fehlst mir, alles an Dir fehlt mir. Mir fehlt Deine magische Stimme, Dein eindringliches Flüstern. Mir fehlt jedes Lied, das Du gesungen hast, egal wann und egal wo. Ich hoffe, dass wir uns von jetzt an öfter schreiben werden. Ich hoffe, dass ich jede Woche Briefe von Dir bekomme. Ich hoffe, dass Deine Gedanken, Deine Zeilen mir den Aufenthalt hier erträglicher machen werden. Ich glaube, dass Du mir viel zu sagen hast, aber nur keine Eile. Wir haben schließlich alles Papier und alle Briefe der Welt, um maßvoll, solide miteinander zu kommunizieren. Gib auf Dich acht, Eleonora. Gib acht auf Dich selbst und gib acht auf alle, die dort zurückgeblieben sind. All jene, die glauben, dass wir sie schützen werden. Gib acht auf unsere Stadt. Sie ist jetzt verletzlich wie nie zuvor. Gib acht auf Dich selbst und auf die uns nahestehenden Menschen. Eines Tages wird dieser Alptraum aufhören. Und wir werden alle gemeinsam da weitermachen, wo uns dieser verfluchte Krieg unterbrochen hat. Es wird schwer werden, doch ich glaube, dass wir eines Tages wieder imstande sind, das Leben so zu sehen wie früher. Wir werden es ansehen als etwas zu Erlebendes und nicht als Bedrohung, die über unseren Schicksalen schwebt. Bleib mir gesund, Eleonora. In der Hoffnung, dass Dein Brief früher kommt als erwartet, küsse ich Dich mit aller erdenklichen Zärtlichkeit.

Vorbehaltlos Dein
Michail

Erstes Kapitel

Die schüchterne Novembersonne versuchte erfolglos, den dichten Nebel auf dem Kasernenhof zu durchdringen. Die Luft war an diesem Morgen besonders kalt, doch das überraschte nicht, wenn man wusste, dass Wolfshügel sehr hoch über dem Meeresspiegel lag. Das war ein Städtchen mit um die tausend Einwohnern, nahezu sämtlich von christlichem Glaubensbekenntnis. Seinen Namen hatte es vor mehreren Jahrhunderten erhalten, als sich auf dem Hügel Menschen ansiedelten, die vor einem anderen, größeren Krieg als dem heutigen geflohen waren. Doch unterhalb des Hügels hatte es neben den schönen und reichen Weiden lange Jahre hindurch Wolfsrudel gegeben, die ihren Hügel zurückerobern wollten, und von daher war der Name gekommen. Leider oder zum Glück war es den Menschen gelungen, die Wölfe auszurotten, so dass jetzt als einzige Spur von ihnen der Name der Stadt geblieben war. Die Kaserne war nicht weit von der Stadt gelegen. In einer weiträumigen Ebene unterhalb des Hügels war die Kaserne mit mehreren Gebäuden untergebracht, die über fünfhundert Mann fasste. Wolfshügel und die Kaserne darunter besaßen besondere Bedeutung in dem Krieg, da eben hier irgendwann die Aufteilung in christliche und moslemische Teile begonnen hatte. Nur zehn Kilometer weiter lag ein großes Dorf mit dem Namen Ufuk, das mit moslemischer Bevölkerung besiedelt war. Ein Dorf, doppelt so groß wie Wolfshügel. In Wirklichkeit war das einmal eine orientalische Ansiedlung, eine Kasaba, gewesen, die es nie geschafft hatte, eine Stadt zu werden. Und gleich hinter Ufuk, nur wenige Kilometer entfernt, befand sich Tarman, eine Stadt mit über zehntausend Einwohnern, in der Angehörige mehrerer Religionen lebten. Militärexperten versicherten, dass gerade die Kaserne und die Lage von Wolfshügel im Krieg äußerst hilfreich sein könnten. Eben deshalb war eine riesige Zahl Soldaten in die Kaserne gebracht worden. Alle sieben Gebäude waren mit Männern überfüllt. Seit selbst die Gänge bereits mit Beschlag belegt waren, ließ die Regierung Zelte und große Anhänger bringen, die auf dem Kasernenhof aufgestellt wurden; dieser war eine Art Transitzentrum für die Soldaten. In manchen Momenten gab es in der Kaserne mehr Menschen als in ganz Wolfshügel Einwohner. Und unter all diesen Leuten war auch Michail zusammen mit seiner Truppe. Der Nebel wich allmählich vor der Sonne zurück, und Michail und seine Truppe saßen auf den Bänken im Hof, um sich von den morgendlichen Übungen und dem reichlichen Frühstück zu erholen. Da sie sich alle in der Phase des Kennenlernens befanden, waren ihre Gespräche oftmals bruchstückhaft und unzusammenhängend. So war es auch diesmal, während sie in der herbstlichen Sonne saßen. Einige von ihnen stärkten sich noch immer nach den schweißtreibenden Übungen und dem langen Marsch, während andere einfach nach Vergnügen dürsteten, und so versuchten sie sich auf jede mögliche Weise abzulenken. Igor schnitzte sich mit seinem Messer einen Zweig zurecht. Seine Gesichtszüge waren so aufmerksam, dass es schien, als sei er völlig von der Anfertigung irgendeines geschnitzten Werkes in Anspruch genommen. Dimitrija pfiff ein altes Lied vor sich hin, doch das verwandelte sich für Momente in stark ungeordnetes schrilles Pfeifen, das die Anderen zu irritieren begann. Die ganze Zeit über betrachtete Dimitrija stumm den Kasernenhof.

»So ein schönes Wetter, und wir liegen hier auf der faulen Bärenhaut«, ließ sich Lucky vernehmen und warf eine leere Zigarettenschachtel in den Mülleimer.

»Du schnitzt jetzt schon so lange an diesem Holz herum, willst du vielleicht noch einen Pfeil daraus machen?« wandte er sich an Igor.

»Ich vertreibe mir bloß die Zeit«, gab Igor desinteressiert zurück und fuhr fort, an seinem Zweig herumzuschnitzen.

»Das hier ist nichts für euch«, fuhr Lucky fort. »Ihr döst hier herum und wisst nichts mit euch anzufangen. Los, ein bisschen Action. Los, wer kommt mit, ein bisschen laufen. Kommt, das Vaterland ruft«, rief Lucky, obwohl sich keiner auf seinen Appell hin meldete.

Danach setzte sich Lucky oder Lazar, was sein richtiger Name war, wieder auf die Bank und beobachtete schweigend die Gruppe. Bald darauf kam große Bewegung in den Hof. Am Haupttor erschienen fünf Lastwagen voller Soldaten, die von den Wagen herabstiegen und sich vor dem Hauptgebäude aufstellten. Es waren größtenteils junge Männer, einige vielleicht sogar noch minderjährig, doch vielleicht schien es auch bloß so.

»Wenn das so weitergeht und jeden zweiten Tag so viele

kommen, müssen wir bald auf den Bäumen schlafen«, ließ sich Michail vernehmen.

»Vielleicht werden wir von hier versetzt«, wandte Dimitrija ein. »Obwohl ich das nicht glaube, wir sind doch gerade erst angekommen, noch keine zwei Wochen ist es her. Was meint ihr, wie alt sind die da?«

»Alt genug, mein Lieber, alt genug«, erwiderte Lucky. »Wenn die das hier halten können, dann können sie auch nach einem Gewehr greifen«, lachte Lucky, während er das Greifen nach dem Geschlechtsorgan und das Halten eines Gewehrs imitierte.

»Nicht gerade witzig, aber von mir aus«, meldete sich Igor. »Übrigens glaube ich nicht, dass wir von hier weggebracht werden. Die anderen haben sie einen Monat dabehalten, und wir sind genau dreizehn Tage hier.«

»Mensch, ich käme gern sofort von hier weg«, sagte Lucky und sah Rodžo an.

»Genau«, pflichtete ihm Rodžo bei. »Soll man uns ruhig gleich von hier wegbringen, dass wir ein bisschen Krieg schnuppern. Wir versauern hier jetzt schon lange genug. Los, Action ist angesagt.«

Die Diskussion wurde von den starken Rotoren eines Helikopters unterbrochen, der auf dem nahen Hang landete. Ihm entstieg der Hauptmann, und alle auf dem Hof Anwesenden liefen auseinander und stellten sich in zwei Reihen auf. Der Hauptmann ging an den Soldaten vorbei, indem er sie grüßte und sich kurz bei den neuen Soldaten aufhielt. Dann rief er »Rührt euch« und ging in das Hauptgebäude. Michail und seine Truppe kehrten wieder zu ihren Bänken zurück. Dieses Mal gesellte sich auch Rade zu ihnen, der mit einem Seidenfetzen seine Kette und das daran hängende Kreuz abwischte.

»Was ist los mit dir, Rade? Du reibst ja noch immer an dem Kreuz herum. Du wirst es noch kaputt machen«, wandte sich Lucky an ihn.

»Lass den Mann in Ruhe«, gab Michail zurück. »Oho, unser kleiner Schriftsteller hat sich zu Wort gemeldet. Ich soll ihn in Ruhe lassen, ja? Schön, ich lasse ihn in Ruhe. Aber das wird ihm nicht weiterhelfen. Sieh ihn dir doch an. Den ganzen lieben Tag lang lässt er den Kopf hängen. Den ganzen lieben Tag lang poliert er Kreuze und bekreuzigt sich. Und wie soll er morgen aufs Schlachtfeld? Wie soll er im feindlichen Feuer laufen? Da wird ihm dieses Sichbekreuzigen nicht helfen. Ach, du Schreiberling, du glaubst, das hier sind deine öden Bücher, und wir werden jetzt schlau daherreden. So läuft das aber nicht. Hier rettet jeder sich selber. So ist das im Krieg. Hier wird gefallen und getötet. Das ist nicht euer literarisches Zeug, wo ihr euch ereifert, Kriege beschreibt, Leiden, und dabei seid ihr keine zwei Meter von Zuhause weggekommen. Und jetzt meint ihr hier, ihr könntet …«

»Wenn wenigstens die Hälfte von denen hier ein Dutzend Bücher gelesen hätte, dann wären wir nicht da, wo wir jetzt stehen«, unterbrach ihn Michail. »Das Gleiche gilt auch für die 'Kameraden' von der anderen Seite.«

»Hör bloß auf!« schrie Lucky. »Hör mal, das hier ist keine

akademische Versammlung. Wir sind also die Blöden, ja? Aber ihr sogenannten Gebildeten habt das hier angestellt. Wie war das doch gleich – Zusammenleben, Seminare … Was für ein Zusammenleben soll das sein? Was für eine Toleranz? Geh jetzt mal und erklär' das deinen 'Kameraden' da drüben. Aber vergiss nicht, dich vorher beschneiden zu lassen.«

»He, he, immer mit der Ruhe, Jungs«, mischte sich Igor ein. »So was ist doch nicht nötig. Wir sind hier, wir sind zusammen, wir haben dieselben Feinde. Beruhigt euch, kommt schon. Es gibt keinen Grund, sich zu streiten.«

»Wir streiten auch nicht«, antwortete Michail.

»Wir reden bloß miteinander. Jeder auf seine Weise.«

»So ist es«, ließ sich Lucky vernehmen. »Am Ende wird sich herausstellen, welche Weise richtig ist.«

»Nicht welche, sondern wessen Weise«, erwiderte Michail mit einem Lächeln.

»Ach Professor, Professor. Du bist mir schon ein komischer Kauz. Wir stecken bis zum Hals in der Scheiße, und du faselst dummes Zeug.«

»Das hängt davon ab, wer was für ein dummes Zeug mag.«

»Gut jetzt, Jungs. So ein Gespräch muss auch mal sein«, schaltete sich Dimitrija ein. »Bloß, ein bisschen fröhlicher ab jetzt. Komm schon, Michail, sag mal, singt deine Frau immer noch?«

»Ich weiß es nicht, ich habe schon über einen Monat keinen Kontakt mehr zu ihr. Gestern habe ich ihr einen Brief geschickt. Ich hoffe, dass die Feldpost schneller ist als die normale und dass ich bald einen Gegenbrief bekomme.«

»Ich hoffe, dass sie singt«, rief Igor aus. »Versteh mich nicht falsch, aber ich finde, dass Eleonora wunderbare Lieder hat, und ihre Stimme ist auch sehr schön. Wenn du wüsstest, wie oft wir uns an ihren Liedern berauscht haben. Sie ist zu beneiden. Aber du auch, dass du es geschafft hast, sie zu heiraten.«

»Danke«, gab Michail mit einem ehrlichen Lächeln zur Antwort.

»Na so was, das hab' ich nicht gewusst«, sagte Rade. »Eleonora ist deine Frau?! Mensch, aber das ist ja großartig. Entschuldige, dass ich das bis jetzt nicht gewusst habe, wo wir doch auch schon im Rekrutenlager zusammen waren. Ach, du weißt ja nicht, wie mich das freut. Aber jetzt ist mir nicht klar, wie du es als Ehemann eines solchen Musikstars fertiggebracht hast, hier zu landen? Konntest du denn nicht irgendwelche Beziehungen spielen lassen, um dich von der Mobilmachung freistellen zu lassen?«

»Ich weiß nicht, ob ich das gekonnt hätte, und ich weiß nicht, ob ich das wollte, jedenfalls habe ich es nie versucht. Letzten Endes bin ich genauso ein Mensch wie ihr. Ich bin genauso ein Teil dieses Volkes, und was das Volk ertragen muss, ertrage ich eben auch. Gut, mein Volk sind all jene, die hier leben, ungeachtet ihrer Religion und ihrer politischen Überzeugungen, doch jetzt ist es eben so, leider, dass wir gegeneinander kämpfen. Dasselbe Volk, und gespalten nach irgendeiner dummen Aufteilung in Gläubige und Ungläubige, und ich gehöre zu keiner der beiden Gruppen oder zu beiden gleichzeitig, letztlich ist das auch nicht wichtig. Ich bin hier. Ich teile und erlebe alles genauso wie ihr. Und wie die von drüben.«

»Na wunderbar. Fehlt bloß noch, dass du dich damit brüstest, auch Moslem zu sein«, platzte Lucky wütend heraus. »Dir geht's wohl nicht gut, Schreiberling. Du weißt nicht, dass du mit dem Feuer spielst.«

»Ich brauche dir keine Erklärungen darüber abzugeben, was ich bin. Wenn du mich für einen Moslem hältst, nun, ich bin keiner. Aber das macht mich auch noch nicht zu einem Christen.«

»Ach so ist das, du bist einer von diesen Atheisten, Gottlosen, die abseits von allen Religionen stehen.«

»Wenn du das meinst … gut«, sagte Michail und erhob sich von seinem Platz. »Es ist bereits Mittag. Gleich wird man uns in den Hauptsaal rufen, um die Tagesordnung festzusetzen.«

»Du hast Recht«, warf Igor ein. »Lasst uns gehen.«

Das Gewimmel auf dem Kasernenhof dauerte noch immer an. Michails Truppe ging gemächlich auf das Hauptgebäude zu. Lucky und Rodžo besprachen etwas miteinander, und an ihrem Gestikulieren ließ sich leicht erraten, dass es sich auf Michail und die vorangegangene Unterhaltung bezog. Die anderen aus der Truppe gingen schweigend auf den Hauptsaal zu. Es war Mittag. Jene Zeit des Tages, wenn jeder seine Arbeitsaufgaben erhielt, die er den ganzen Tag über auszuführen hatte. Und so bereits dreizehn Tage lang hintereinander. Wolfshügel und seine Umgebung hatten neue Gäste erhalten, deren Schwatzen bis in die Täler ringsum zu hören war. Vielleicht war dieser Ort nie so überfüllt mit Volk gewesen und so leer an Hoffnung. Die Sonne schien unermüdlich auf die Felder und strich zärtlich über die Blätter, die sich unter dem Andrang der goldenen Flut weigerten zu fallen. Als hätten sie gewusst, dass dies ihre letzten Tage waren, und sich deshalb gewünscht, dass sie so lange wie möglich dauerten. Ebenso war es auch mit den Soldaten, die in der Kaserne untergebracht waren, und mit all jenen, die an der Front waren.

Zweiter Brief

Mein lieber Michail,

bestimmt war ich dieses letzte Jahr noch nie so glücklich wie an dem Tag, als ich Deinen an mich adressierten Brief gesehen habe. Ja, Du hast Recht, er hat mir mehr als nur ein Lächeln entlockt. Aber auch noch viel mehr Tränen. Besonders freut es mich, dass es Dir gut geht, obwohl ich, ehrlich gesagt, beim Lesen Deiner Zeilen nicht einschätzen konnte, ob das wirklich wahr ist. Natürlich wäre es leichter, wenn Du mit mir sprechen und mir in die Augen sehen würdest. Dann würde ich spüren, ob es Dir wirklich gut geht. Aber auch so, über das Papier, sagt mir trotzdem etwas in mir, dass es Dir wirklich gut geht, dass Du Dich wirklich in dieser für dich so schweren Rolle zurechtfindest. Es freut mich, dass es Dir gelungen ist, neue Menschen, neue Personen kennenzulernen, die Du bisher nicht hättest kennenlernen können. Ich glaube, dass Du eines Tages einige von ihnen für irgendein neues Werk verwendest, das sich dann zu einem neuen genialen Stück entwickeln wird. Und lass uns hoffen, dass wir uns dann nur noch durch dieses Stück an diesen Krieg erinnern werden, von dem mir scheint, dass auch er sich in seinem eigenen Feuer aufzehren wird. Mir geht es gut, so gut, wie es das Leben eben zulässt. Trotzdem, die Entfernung von Dir, diese halbleere und finstere Stadt verderben mir jeden Tag. Aber ich nehme mich noch immer zusammen und schaffe es, der Melancholie zu widerstehen, die mich zu ergreifen droht. Es ist so traurig, Michail. Es ist traurig, dass ich allein in dieser Wohnung bin. Es ist traurig, dass ich täglich auf Nachrichten warte. Ich denke mir immerzu, dass plötzlich eine Meldung kommt, dass das hier nur ein böser Traum ist, dass wir bloß sehr lange geschlafen haben und schläfrig erwachen und durch die Zimmer laufen, um nicht zu spät zum Leben zu kommen. Ja, es ist traurig. Es ist traurig, dass dieses Land vom Hass verführt wurde. Dass es an die Männer Uniformen mit Kreuzen und Halbmonden ausgeteilt und sie in Schützengräben gesteckt hat, damit sie sich durch die Zielscheiben ihrer Gewehre hindurch ansehen. Es ist traurig, dass es ihm gelungen ist, die Frauen dazu zu bringen, sich im Anklagen und Verleumden gegenseitig zu überbieten. Es ist traurig, diese Stadt anzusehen. Vor kurzem wurde das moslemische Viertel geschlossen. Jetzt gibt es keinen einzigen Einwohner mehr dort. Alle Straßen und Häuser sind verödet, und überall steht Militär herum und bewacht den Besitz. Im Rest der Stadt gibt es fast kein Leben mehr. Alle eilen irgendwohin. Alle verabschieden oder empfangen irgendjemanden. Ich hätte nie zuvor geglaubt, dass ich einmal solche Bilder mitansehen würde. Und zuweilen ertappe ich mich selbst wie in einer unsichtbaren Falle. Ich habe keinen Raum. Ich habe kein Vor und kein Zurück. Aber es geht mir gut, Michail. Ich schaffe es irgendwie. Und während ich jetzt dies hier schreibe, führt mein Herz Tänze auf, die Tränen steigen auf, aber ich will nicht weinen. Ich sage mir, dass ich stark sein, dass ich das allein durchstehen muss. Verzeih, Michail, aber ich kann nicht ordentlich und in geordneter Reihenfolge schreiben wie Du. Nein, ich kann meine Gedanken nicht ihrer Bedeutung nach abstufen. Alles bricht *elementar aus mir heraus, und vielleicht erscheint dir das alles hier konfus. Dies ist mein dritter Versuch, diesen Brief zu schreiben, und ich hoffe, dass es mir diesmal gelingt. Es ist ein bisschen albern. Als kleines Mädchen habe ich immer davon geträumt, einen Geliebten zu finden, der mir romantische Briefe schreibt, die mich jeden Morgen vor der Türschwelle erwarten. Und ich würde mich heimlich, eifersüchtig in meinem Zimmer einschließen und aufgeregt alles lesen, was da geschrieben stünde. Und sieh mal an, wer hätte es gedacht, da ist es nun wirklich passiert. Auch jetzt bin ich genauso aufgeregt wie in meinen Träumen, auch jetzt schließe ich mich ein, bevor ich zu lesen beginne, doch ich schwöre vor mir selber, dass ich mir so etwas nie gewünscht habe. Was deine Stücke betrifft … sie werden immer noch gespielt. 'Leere Jahre' wird einmal wöchentlich gespielt, 'Paradies' dagegen wird nur zweimal im Monat aufgeführt. Ich hoffe, dass Du außer diesen beiden bald mit einem neuen Stück kommst, das noch besser ist als die bisherigen. Ich hoffe und glaube, dass die ganze Stadt über Dein neues Meisterwerk reden wird. Ich glaube, dass das viel früher passieren wird, als wir es erwarten. Es kann und darf gar nicht anders sein. Was diese Stadt angeht, wie ich Dir bereits mitgeteilt habe, sie ist halbtot. Nichts außer den Funktionen, die sie eben nur am Leben erhalten, funktioniert. Es ist kalt und trüb wie jeden Herbst. Doch dieses Jahr ist der Herbst noch zusätzlich traurig. Als hätte alles Glück diese Stadt auf Nimmerwiedersehen verlassen und nicht die Absicht, jemals zurückzukehren. Das Lächeln ist den Menschen längst vergangen. Auf den Gesichtern ist jetzt nur noch Angst,*

Verzweiflung und Wut zu erkennen. Alles ist zu traurig. Und so wie Du zu sagen pflegst, dass der Herbst die traurigste Jahreszeit sei, so füge ich hinzu, dass diese Stadt der traurigste Ort im Herbst ist. Und ich entsinne mich eines solchen Herbstes vor ein paar Jahren, als wir ans Meer gefahren sind. Ich hatte ein Gastspiel bei einem Festival, und wir verbrachten eine Woche lang am Meer. Ich glaube, das ist der einzige Herbst, den ich geliebt habe. Du und ich gingen am Strand spazieren, gut gekleidet, während die leeren Hotels und Pensionen unser Echo zurückwarfen. Für einen Augenblick redeten wir gar nicht, sondern blickten ruhig auf die einsamen Schiffe, die in der Ferne dahinzogen. Ach, wenn es doch jetzt nur so sein könnte. Ich glaube, ich würde schon morgen mit Dir fortgehen und nie mehr zurückkommen. Ich weiß, dass es zu nichts führt, wenn ich an solche Dinge denke, doch zuweilen ist das einfach das Einzige, was mir noch bleibt. Ich glaube, solange ich mir all das vorstelle, was wir tun würden, wenn Du zurückkämst, solange kann ich all das leichter durchstehen. Du fehlst mir, Michail. Du fehlst mir mehr als irgendjemand jemals zuvor. Es gibt nahezu keine Sekunde für mich, die nicht Dir gewidmet ist. Meine Gedanken sind schon lange nicht mehr bei mir, sondern sie suchen Dich in der weiten Welt. Und sie finden auf keine Weise mehr zurück. Ich bin dankbar und froh über jede neue Zeile von Dir. Von heute an bis zu Deinem nächsten Brief werde ich noch mehr an Dich denken. Ich werde verzweifelt versuchen, mir die Zeit bis zu Deinem nächsten Brief zu vertreiben. Ich liebe Dich. Ich liebe Dich, wie ich Dich zu lieben vermag und wie ich Dich schon immer geliebt habe. Aufrichtig, rein und bedingungslos. Gib auf dich acht, Michail. Und komm zurück. Vor uns liegen so viele neue Geschichten. Vor uns liegen so viele Wege, so viel Zeit, nur für uns geschaffen. Sei tapfer. Sei ausdauernd. Tu alles, damit Du diese Zeit so schmerzlos wie möglich überstehst, und ich will dasselbe tun. Auch ich werde mit mir kämpfen, um mich nicht von der Trauer und dem Grau überwältigen zu lassen, die mich umgeben. Bleibe ein guter Mensch. Bleib all das, was Du vor Deinem Aufbruch warst. Es ist schon dumm von mir, dass ich das schreibe, aber Gott wird uns beschützen. Er wird uns für einander bewahren, genauso, wie er uns bisher geschützt hat. Ich sende Dir alle erdenkliche Liebe, alles Glück auf Erden. Dass Du mir auf dich acht gibst und zu mir zurückkommst. Mag es dauern, so lange es nötig ist, aber möge es gut ausgehen. Auf Wiedersehen, mein Michail. Ich weiß nicht, ob man im Brief »Auf Wiedersehen« schreibt, doch ich tue es hiermit. Auf Wiedersehen, Michail, und kämpfe weiter. Bald sind wir wieder zusammen.

Für immer
Deine Eleonora

Zweites Kapitel

An diesem Nachmittag ging es in der Kaserne recht laut-
stark zu. Die Soldaten hatten Schießübungen, und beinahe
den ganzen Tag über hörte man Schüsse von unterschied-
lichstem Kaliber. Michails Truppe hatte ihre ersten Schießübungen bereits am Morgen absolviert, doch am
Nachmittag gab es noch ein weiteres Schießen. Während
sie darauf warteten, dass die Reihe an sie kam, reinigten
die Soldaten ihre halbautomatischen Gewehre und schärf-
ten die Bajonette. Die Schießübungen bedeuteten, dass
schon sehr bald viele der Soldaten die Kaserne und die Umgebung von Wolfshügel verlassen würden. In den Reihen
der Soldaten hörte man hier und da Gespräche darüber,
welche Truppe wohin aufbrechen würde. Die Truppen mit
Reservisten, zu denen auch Michails gehörte, kamen meistens in besiedelte Orte, die bereits eingenommen worden
waren. Fast nie kamen sie an die vorderste Frontlinie, sondern sie sicherten lediglich bereits eroberte Orte. Solche
Gespräche brachten eine gewisse Ruhe in Michails Truppe,
so dass die Männer einigermaßen entspannt und gelassen
waren. Geduldig warteten sie ab, dass die Reihe zum Schießen an sie kam, in einer Schlange vor dem Hintereingang
der Kaserne. Wegen des lauten Lärms der abgefeuerten Kugeln versuchte auch kaum jemand, etwas zu sagen. Die
ganze Unterhaltung beschränkte sich auf laute und gele-
gentliche Rufe, die häufig mit irgendwie künstlichem Ge-
lächter endeten. Am anderen Ende der Kaserne traf noch

ein Kombi ein, von dem Dutzende Pakete von der Größe eines gewöhnlichen Koffers abgeladen wurden. Nahezu sämtliche freien Soldaten befanden sich in diesem Moment vor dem Kombi. Das Schwatzen wurde für Momente lauter als das Schießen. In einem Moment hörte man Ovationen und starken Applaus. Man brauchte nicht lange, um herauszuhören, worum es ging. Eine Gruppe Offiziere hatte angeordnet, die Flagge am Mast beim Eingang herunterzuholen. Die jungen Soldaten führten den Befehl zügig aus. Gleich darauf wurde am Mast eine neue Fahne gehisst, die unter den versammelten Soldaten unerhörte Befriedigung hervorrief. Mit lautstarkem Applaus wurde das erstmalige Hissen der neuen Fahne der Republik begleitet. Um der Wahrheit die Ehre zu geben, es war die gleiche Fahne wie die vorherige. Eine blaue Linie auf dunkelrotem Hintergrund, nur mit dem Unterschied, dass die neue Fahne nun ein goldgelbes Kreuz im rechten oberen Winkel aufwies. Viele der Soldaten konnten gar nicht den Blick von der Fahne wenden. Einige von ihnen applaudierten noch immer, und einige bekreuzigten sich hin und wieder. Michails Truppe zog sich eilig von der Fahne zurück und fuhr fort, darauf zu warten, dass sie an die Reihe kam. Igor, Lucky und Rodžo konnten ihre Blicke noch immer nicht von der Fahne abwenden, während die Übrigen versuchten, sich auf die folgenden Schießübungen zu konzentrieren.

»Diese Fahne ist schöner als die alte«, sagte Rodžo.

»Ich habe gehört, dass auch die Moslems ihre Fahne geändert haben. Auf ihrer steht der Halbmond in der unteren Ecke«, antwortete Igor.

»Ha ha ha. Unsere ist schöner«, entgegnete Rodžo und bekreuzigte sich.

»Gott ist auf unserer Seite. Wir werden siegen«, ergänzte Lucky und bekreuzigte sich ebenfalls.

Das Gespräch war rasch beendet, da die ganze Truppe den Schießplatz erreichte und sich in zwei Reihen aufstellte. Andere Soldaten, ihnen gegenüber, tauschten die Ziele aus. Das waren Pappsilhouetten von Menschen mit schwarzen Markierungen im Bereich von Kopf und Brust. Die ganze Truppe war bereit für die Übungen. Man wartete bloß noch auf das Signal. Während die Soldaten hinter den Zielen auf ihren Positionen standen, erschien ein Soldat, der eine andere Uniform trug. Es war ein junger Mann, nicht älter als fünfunddreißig. Er hatte eine straffe Körperhaltung und einen entschlossenen Gang. Sein Gesicht wies Spuren von Immalin auf, woraus man schließen konnte, dass er erst vor kurzem von einer Aktion zurückgekehrt war. Es war ein Korporal der Spezialeinheiten. Mit seiner Erscheinung schuf er irgendwie eine Atmosphäre der Ehrfurcht.

»Hört her. Dies ist eure letzte Schießübung. Wer bis jetzt etwas gelernt hat, schön. Wer nicht – schöne Scheiße, wenn er morgen an irgendeiner Front schießen muss. Ich bin Korporal Milenkovski, und ich bin hier, um euch zu helfen, präziser und effektiver zu werden. Das heißt, als Erstes kommen wir zum Schießen auf statische Ziele aus einer Entfernung von fünfundzwanzig Metern. Die zweite Phase ist das Schießen auf bewegliche Ziele aus einer Entfernung von fünfzehn Metern. Die dritte und letzte Phase ist Maschinengewehrfeuern aus Schützengraben-Positionen auf bewegliche Ziele. Jetzt möge die erste Gruppe vortreten und mit dem Schießen auf die Ziele beginnen. Merkt euch gut, jeder hat seine eigene Nummer auf einem Ziel. Und vergeudet nicht unnötig Kugeln. Hier ist es leicht, aber an der Front dürft ihr es euch nicht erlauben, unpräzise zu sein. Da ihr Reservisten seid, wird bei euch jeder Treffer auf der Pappsilhouette gezählt. Ein Treffer sind zwei Punkte, ein Fehlschuss ist ein Minuspunkt. Wer das schlechteste Resultat erzielt, sollte darüber nachdenken. Los jetzt, vortreten zum Schießen«, befahl der Korporal.

Gleich auf den Befehl hin begann das ohrenbetäubende Schießen. Das Ergebnis der ersten Übung war befriedigend. Es gab mehr Treffer auf den Zielen als Fehlschüsse. Trotzdem war das ja nur der leichteste Teil der Übung gewesen. Beim nächsten Teil sah die Sache schon anders aus. Nur wenigen gelang es, die Ziele zu treffen. Der Korporal rief zuweilen dazwischen und gab Hinweise, für Momente das Gewehrfeuer übertönend. Seiner Stimme war eine gewisse Nervosität anzumerken, gefolgt von einer leichten Enttäuschung. Er konnte einfach nicht glauben, dass die Trefferquote so niedrig ausfiel. Nach knapp zwei Stunden waren die Übungen beendet, und alle reihten sich vor dem Korporal auf. Dieser trat für einen Moment zu den Aufzeichnern der Ergebnisse und blickte einige Minuten lang auf die Ziele. Dann kehrte er zu der Truppe zurück und begann, die Soldaten aufzurufen.

»Ziel Nummer Drei, vortreten!« befahl der Korporal. »Name?«

»Dimitrija.«

»Dimitrija, du hast das schlechteste Resultat. Wie alt bist du, Dimitrija?«

»54«, gab Dimitrija erschrocken zur Antwort.

»Gut. Nicht so schlimm. Für dein Alter, dein Sehvermögen und deine Beweglichkeit bist du ganz gut. Ziel Nummer Acht, vortreten und Namen nennen!« befahl der Korporal wiederum.

»Michail, Herr Korporal.«

»Dein Ergebnis ist nur etwas besser als das von Dimitrija. Du hast ihn um zwei Punkte übertroffen. Hast du etwas dazu zu sagen?«

»Also, Herr Korporal …«, begann Michail.

»Der ist Schriftsteller. Geben Sie ihm einen Stift«, mischte sich Lucky lachend ein.

»Ruhe«, rief der Korporal. »Komm, Michail, sprich weiter.«

»Na, es ist eben, wie ist, ich hab' getan, was ich konnte.«

»Was soll man da machen … Scheiße«, erwiderte der Korporal. »Ich hoffe, dass du an der Front mehr Glück hast. Ziel Nr. Zwei, vortreten und Namen nennen.«

»Lucky, Korporal«, gab sich Lucky selbstbewusst.

»Erstens, das ist nicht dein Name! Zweitens, 'Herr Korporal'.«

»Lazar, Herr Korporal.«

»Das soll witzig sein, ja? Du machst Späße auf Kosten Schwächerer. Du bist gar nicht viel besser als Michail. Der ist Schriftsteller, hast du gesagt? Und du, was bist du?«

»Also … wissen Sie«, antwortete Lucky stotternd.

»Im Maschinengewehrschießen hast du zwei Treffer. Alles andere ist Munitionsvergeudung. Das hier ist kein Film, Junge. Marsch nach hinten«, fuhr ihn der Korporal barsch an und rief Ziel Nummer Sieben auf.
»Stojčevski, Herr Korporal«, meldete sich Stojčevski.

»Der Basketballer, nicht?« lächelte der Korporal. »Bravo, Stojčevski. Das ist der beste Schütze hier. Nur zehn Fehlschüsse. Der Mann hier kann die ganze Truppe retten. Deshalb passt auf ihn auf«, befahl der Korporal.

»Wenn er bloß nicht so eine Memme wäre«, ließ sich Lucky vernehmen.

Nur einen Moment, nachdem er das gesagt hatte, erhielt Lucky eine derart heftige Ohrfeige vom Korporal, dass es über den gesamten Kasernenhof schallte.

»Hör mal, du Dreckskerl«, sagte der Korporal.
»Hör auf, dich über die Leute lustig zu machen. Siehst du den hier? Das ist einer der besten Sportler, die dieses Land hat. Der dort ist Schriftsteller. Dimitrija könnte dein Vater sein. Und du, wer bist du? Was bist du? Ein dummer Spitzbube, der wer weiß wo hergekommen ist. Du tust so, als wärst du etwas Besonderes, ein zu allem bereiter Soldat, und in Wirklichkeit bist du eine Null. Militär heißt Ordnung, Mann. Wenn es dir hier nicht passt, dann geh zu

den Paramilitärs und belämmere die Zivilisten. Solche wie du fallen hier als Erste. Selbstgefällige Bürschchen, die glauben, dass sie etwas darstellen, bloß weil sie eine Uniform und ein Gewehr tragen. Los, fünfzig Liegestützen. Und wenn ich mich dann noch nicht wieder beruhigt habe, machst du noch hundert dazu«, befahl der Korporal und fing an zu zählen.

Die ganze Gruppe sah stumm zu, wie die Liegestützen gemacht wurden, und hörte sich das Zählen an. Einige von ihnen freute es tatsächlich, dass Lucky eine Abreibung bekam. Viele konnten ihn wirklich nicht leiden. Sein Verhalten war schon im Rekrutenzentrum unanständig gewesen. Er wollte sich stets als brutaler Kerl hervorheben, und Rodžos Gesellschaft stellte für ihn einen zusätzlichen Anreiz dafür dar. Nun freute sich ein gut Teil der Truppe über eine solche Strafe. Lucky absolvierte die Liegestützen rasch, und zu seinem Glück beschloss der Korporal, es dabei bewenden zu lassen, und befahl den Soldaten, den Schießplatz zu verlassen und ihre Gewehre zu reinigen. Das Reinigen der Gewehre verlief in stiller Atmosphäre. Alle waren in den Anblick ihrer Waffen vertieft und konzentriert; keiner sprach. Die Dunkelheit begann auf dem Kasernenhof hereinzubrechen, und damit wurde auch die Luft kühler. Der Herbst kam mit großen Schritten nach Wolfshügel. Die Soldaten der Truppe gingen nacheinander in ihr Gebäude. Der Hof blieb leer zurück, und außer den Wachen war niemand mehr da. Alles war still und ruhig. Fast alle Fenster der Gebäude waren erleuchtet und fast alle Räume überfüllt. Der Lärm hatte sich von draußen nach drinnen verlagert. Doch Michails Truppe blieb auch weiterhin unerhört still. Alle verteilten sich auf ihre Betten und beschlossen, den freien Abend in der Stille zu verbringen. Einige lasen Bücher, andere beschäftigten damit, ihre Ranzen zu sortieren, wieder andere wiederum sanken in den Schlaf. In dem Bett in der entlegensten Ecke war Michail untergebracht. Nachdem er erleichtert die Stiefel ausgezogen hatte, streckte er sich auf seinem Bett aus und seufzte. Dann richtete er sich eilig auf und zog aus einer Schublade einen dicken Block und einen Stift. Mit kurzem, hastigem Gekritzel prüfte er, ob noch Tinte darin war. Nachdem er sich davon überzeugt hatte, dass der Stift noch schrieb, riss er ein Blatt von dem Block ab und begann zu schreiben. *Liebe Eleonora …*

Dritter Brief

Liebe Eleonora,

zuweilen gibt es Augenblicke, in denen alle Hoffnungen in einem Wunsch zusammenfließen, und dieser wandert unermüdlich, bis er einen Weg findet, um in Erfüllung zu gehen. Auch wenn unsere Stadt jetzt verödet und traurig ist, glaube ich, dass sie sich halten wird, solange es darin Menschen wie Dich gibt. Meine große Liebe, manchmal reicht es aus, bloß für einen Moment mit seinen Gedanken zu fliehen, und schon im nächsten Augenblick findet man einen Ort, der einen fesselt, der einen fest an sich bindet. Ich glaube, dass unsere Stadt ein genau solcher Ort ist. Bleib bei ihm. Bleib bei ihm, egal, was geschieht. Ihr braucht einander. Und wohin solltest Du auch von da aus gehen? Liebe all die Straßen und Winkel genauso, wie Du sie vorher geliebt hast. Das ist unsere Stadt, Eleonora, und trotz allem hat keiner ein Recht, sie uns zu nehmen.

Es freut mich, dass es Dir gut geht. Es freut mich, dass Du es schaffst, in diesen dunklen Zeiten Festigkeit zu beweisen. Auch ich bemühe mich, dasselbe zu tun. Wenigstens solange wir hier sind. In dieser Kaserne, die sämtliche hoffnungslosen Figuren der Welt geschluckt zu haben scheint. Ein Ort, an dem die Hoffnung stirbt und nur Angst um das persönliche Überleben entsteht. Zuweilen stehe ich abseits und beobachte die Leute um mich her. Ich sehe nur leere Geschichten, die auf mich warten, dass ich die Leere abschließe. Traurig ist das, Eleonora. Traurig ist es, Menschen ohne Geschichte zu sehen. Men-

schen ohne Bilder und Erinnerungen. Und gerade die Erinnerungen sind das, was diese Menschen hinter sich zurückgelassen haben. Blasse Erinnerungen, die nie zu Geschichten heranreifen werden. Nicht alle Geschichten verdienen es, erzählt zu werden, und nicht alle Leben verdienen es, gelebt zu werden. Und wenn ich früher nur Vorurteile dem gegenüber hatte, was ich jetzt erlebe, so habe ich jetzt eine feste Vorstellung von dem, wovor ich fliehen muss. Ich gehöre nicht hierher. Nicht nur in religiöser Hinsicht, da das alles Christen sind und ich Atheist, wie mich alle nennen, sondern auch deswegen, weil alle hier Menschen sind, die in ihren religiös-nationalistischen Kreisen eingeschlossen sind, anstatt Menschen zu sein, die über die Totems hinaussehen, die ihnen zugewiesen wurden. Während ich nach den Schießübungen mein Gewehr reinigte, habe ich darüber nachgedacht, wie abgeflacht das Leben ist, wenn man ihm die Idee einpflanzt, dass man ein bedeutender Teil des Universums sei. Siehst du, Eleonora, dieser Krieg hat angefangen, weil ein paar Figuren gemeint haben, das Schicksal des Universums hinge von ihrer Stimmung ab. Und so haben sie im Namen der Religion einen Krieg vorbereitet, in dem die größten Opfer diejenigen sein werden, die gar keinen Berührungspunkt mit Religionen haben. Die größten Opfer werden wir sein, liebe Eleonora. Wir, die wir die Welt als einen unendlichen Spielplatz betrachtet haben, auf dem wir die Spiele spielten, die wir am besten konnten. Vielleicht musste auch erst so etwas passieren, damit wir begreifen, dass wir nicht in einem engen und abgeschlossenen System funktionieren können. Vielleicht ist gerade dies die Lektion, aus der wir am meisten lernen werden. Trauere nicht der Vergangenheit nach, Eleonora. Alle hier tun das. Wir wollen uns bemühen, diese alptraumhafte Gegenwart zu überstehen, die wir durchleben. Wir wollen uns bemühen, etwas Gutes für die künftigen Generationen zu hinterlassen. Ich glaube aufrichtig, dass dieser Krieg uns zu besseren Menschen machen wird. Vielleicht ist es naiv, doch ich glaube daran, dass es uns gelingen wird, bessere Persönlichkeiten zu werden. Wir müssen einfach. Andernfalls werden wir uns in diesem Irrsinn verlieren. Wenn wir jetzt aufgeben, werden Hass, Zorn und Spaltung siegen. Und dann werden wir nichts mehr haben, wofür es sich zu leben lohnt. Und morgen, wenn uns irgendwelche neuen Generationen beschuldigen, ihnen die Zukunft gestohlen zu haben, werden wir unwillkürlich den Blick abwenden und uns schämen zu gestehen, dass wir nicht genügend Mut aufgebracht haben, auch nur unsere Gegenwart zu bewahren. Dass wir schwach waren angesichts des uns umgebenden Irrsinns. Und es gibt auch keinen Ort, wohin man fort könnte aus diesem Irrsinn. Dies ist eine Welt, in der man an zu vielen Dingen stirbt. Und von zu wenigen lebt. Dies ist eine Welt, entstanden aus falschen Entscheidungen zu falschen Zeiten. Trauere nicht der Vergangenheit nach und all den Dingen, die wir erlebt haben. Mir ist ohnedies schwer genug ums Herz. Es wird auch einen nächsten Herbst geben. Der wird schöner sein als dieser. Wenn nur das hier vorbei geht, dann wandern wir wieder am Meeresufer entlang. Dann blicken wir wieder auf die einsamen Schiffe, wie sie weit auf dem Meer dahin ziehen.

41

Was ist in der Zwischenzeit passiert? Ich hoffe, dass Du ir-
gendwo auftrittst. Hier werden manchmal im Radio Deine
Lieder gesendet. Jedes Mal, wenn ich sie höre, werde ich daran
erinnert, was für eine schöne Stimme Du hast. Jede Entbeh-
rung empfinde ich doppelt, wenn ich Dein Lied höre. Doch
schon im nächsten Moment bin ich irgendwie heiter. Ich bin
glücklich, dass Du mein bist. Ich bin glücklich, dass ich weiß,
wer auf mich wartet, wenn alles vorbei ist. Und das verleiht
mir die Kraft, all die Schwierigkeiten auszuhalten, die mich
bedrücken. Ich liebe dich, Eleonora. Ich HABE das schon
immer, und ich WERDE es für immer. Zuweilen gehen mir
die Bilder unserer ersten Begegnung durch den Sinn. Damals
warst Du schon bekannt und hattest mehrere Alben veröf-
fentlicht. Und ich war nur ein vielversprechender Dramen-
autor und bat täglich irgendein Theater, meinen Text
anzunehmen. So erscheint ungebeten mein erster Auftritt bei
Dir vor meinen Augen. Draußen war es Vorfrühling, und wir
saßen in einer kleinen Bar, wo sich damals alles um irgendei-
nen Typ drehte, einen Künstler oder Halbkünstler. Von Dei-
nem ersten Lächeln an wusste ich es. Von Deinem ersten Blick
an wusste ich es. Jede in dieser Bar verbrachte Minute war für
mich eine besondere Geschichte. Damals wusste ich bereits,
dass Du meine Muse sein würdest. Dass Du diejenige sein
würdest, der ich täglich schreiben würde. Diejenige, neben der
ich täglich erwachen und einschlafen würde. Und von diesem
Tag an habe ich nicht aufgehört, Dich zu erobern. Ich habe
Dich vom ersten Moment an geliebt, als ich Dich kennen-
lernte. Und außer meiner Muse bist Du auch alles Übrige für

mich geworden. Und ich bin unwahrscheinlich glücklich darüber. Und zugleich bin ich traurig, dass ich nur so zu Dir durchdringen kann, doch das hier wird nicht allzu lange dauern. Ich werde zurückkommen, wann es auch sei, und wir werden mit unserer Liebe in fröhlicheren Zeiten weitermachen. Hab nur Geduld und Vertrauen. Und singe weiter. Tu weiterhin das, was Du am besten kannst. Diese Welt wäre allzu traurig ohne Deine Stimme.

Drittes Kapitel

Der Krieg begann bereits, lodernd um sich zu greifen und all das Entsetzen mit sich zu bringen, das man ihm einst zugeschrieben hatte. Jetzt befand sich keiner mehr in einem Dilemma mit der Frage, wie lange das alles noch andauern würde. Obgleich es einige Optimisten gab, die meinten, dass diese ganze stürmische Atmosphäre nie zu einem Krieg werden würde, wurden es ihrer jetzt immer weniger. Mit jedem neuen Tag zählten die beiden einander bekämpfenden Seiten ihre Verwundeten und Gefallenen. Die Gefangenen und die Verschollenen. All die Schießereien im Land verwandelten sich in Zahlen. In Verluste und Gewinne. Diejenigen, die nicht an der Front waren, saßen zu Hause an ihren Fernsehern und Radios. Und von da hallte es nur so wider von Lügen, Beleidigungen und Hetzreden. Propaganda in ihrem schlechtesten Licht. Die Medienberichte waren solcher Art, dass eine riesige Zahl von Personen gleich nach dem ersten Nachrichtenblock aufstand und sich in der nächsten Kaserne meldete. Zumeist waren das junge Männer, manche von ihnen noch minderjährig, die sich, von der Filmpropaganda verleitet, zur Verteidigung der Religion einsetzen und zum ersten Mal im Leben Pulver und Blut riechen wollten. Bewaffnete Personen schlossen sich auf beiden Seiten zusammen. Wie hypnotisierte Horden stürzten sie sich auf das Fremde. Das ganze Land roch nach verbrannten Häusern und Einrichtungen, nach Rost und Fäulnis, nach längst ausgestorbener Hoffnung. Ähnlich war es auch in der Kaserne auf Wolfshügel. Der bereits seit zwei Tagen ununterbrochen fallende Regen bemühte sich vergeblich, all diese Ungewissheit und all diese Besorgnis wegzuspülen, die sich bei jedem Soldaten eingenistet hatten, der sich dort aufhielt. Ein paar Truppen standen mit übergeworfenen Mänteln vor dem Haupttor. Im Hintergrund ertönte aus den Lautsprechern alte Kirchenmusik, die vergeblich versuchte, den Klang der Tausende von Tropfen zu übertönen, die auf die Dächer fielen, in die Dachrinnen, auf das Gras und die Fahrzeuge. Vor dem Haupttor standen ungeordnet einige Lastwagen und drei Busse. Sie alle hatten mehrere Dutzend neue Soldaten hergebracht und nun die weitere Aufgabe, zwei Truppen nach Ufuk zu transportieren. Am späten Abend traf die Meldung ein, dass das Dorf Ufuk gänzlich gesäubert sei. Nach zehntägigen Kämpfen hatten die Soldaten der Spezialeinheiten die moslemischen Soldaten erfolgreich neutralisiert und nun bereits seit 24 Stunden die Herrschaft in dem Dorf. Am Morgen kam der Befehl, dass die beiden Truppen aus der Kaserne aufbrechen könnten, um in dem Dorf zur Verfügung zu stehen. Eine der Truppen war die von Michail. Mit voller militärischer Ausrüstung standen die über fünfzig Soldaten in der Halle des Hauptgebäudes und warteten darauf, den Befehl zu bekommen, in einen der Lastwagen und Busse zu steigen. Ein paar jüngere Soldaten beluden zwei Lastwagen mit schweren Artilleriewaffen, während die Fahrer die letzten Kontrollen bei den Bussen durchführten. Michails Truppe war startbereit und wartete auf ihren Befehl. Der Regen dauerte mit unverminderter Stärke an, und in der Halle des Hauptgebäudes waren Unruhe und Anspannung zu spüren.

»Lasst uns schon gehen«, ließ sich Rade vernehmen. »Hier wird es zu schwül.«

»Das kommt dir bloß vor Angst so vor«, erwiderte Dimitrija.

»Das kommt ihm nicht bloß vor Angst so vor, mir ist auch ziemlich warm«, mischte sich Igor ein.

»Mir ist nicht warm, aber ich würde am liebsten aus dieser Kaserne weglaufen«, rief Rodžo aus.
»Irgendwie finde ich es hier nicht zum Aushalten. Drei Monate liegen wir jetzt schon in Zentren und Kasernen herum. Wie im Gefängnis kommt man sich vor …«

»Es ist bloß, was werden wir da in diesem Dorf machen?« fragte Dimitrija, der von seiner Zigarette husten musste.

»Ich hab' gehört, dass es blutig gewesen sein soll«, gab ihm Michail zur Antwort. »Dass es über sechzig gefallene Moslems gegeben hat und Dutzende von Unseren. Nach drei Nächten Kampf Mann gegen Mann sollen sich die Moslems zurückgezogen haben. Es heißt, dass es ziemlich chaotisch zugegangen sein soll. Das hat mir ein Fahrer gesagt … wenn er mich nicht angelogen hat, natürlich.«

»Wer weiß, ob es da noch Einwohner gibt?« fragte Rade.

»Ach komm, sei nicht albern«, gab Lucky zurück. »Klar gibt es noch welche, was zum Teufel sollten wir denn sonst da? Vielleicht das Vieh hüten?«

Die Unterhaltung brach abrupt ab, da am Eingang der

Oberst erschien, der den Befehl gab, die Soldaten sollten beginnen, in die Busse zu steigen. Sämtliche Soldaten brachen sogleich im Laufschritt zu den Bussen auf. Hundert Stiefel dröhnten über den schlammigen Boden und verteilten sich anschließend auf die Busse. Beim Einsteigen zogen alle ihre Mäntel aus und legten sie zusammengefaltet oben auf ihre Taschen. Sie fingen an, die Plätze in den Bussen mit Beschlag zu belegen, wobei es auch zu kleinen Rangeleien darum kam, wer am Fenster sitzen durfte. Michail fand mit seiner Truppe im zweiten Bus Platz. Er setzte sich in der Mitte, auf einen Sitz am Fenster. Neben ihn setzte sich Stojčevski, vor ihnen waren Rade und Dimitrija und hinter ihnen Igor und Lucky, der sich diesmal erstaunlicherweise von Rodžo getrennt hatte. Die großen Militärlaster begannen ihre Kriegsexpedition ins Unbekannte. Hinter ihnen fuhren die beiden Busse, und den Schluss des Konvois bildete ein weiterer großer Lastwagen. Der Regen hatte noch zugenommen, so dass die ganze Kolonne langsam den steilen Weg hinunterfahren musste. Obwohl es nahezu Mittag war, erweckten das Grau und die Kälte den Anschein, als ginge es bereits auf den Abend zu. Einen dieser Winterabende. Die ganze Ungewissheit aus der Kaserne schien sich in energiegeladene Erregung verwandelt zu haben, so dass es im Bus recht laut zuging. Das war ein Lärmen aus Dutzenden Gesprächen, Lachen, leisem Singen und Fluchen. Wie ein klassischer Schülerausflug. Trotzdem sprach nur wenig später kaum jemand mehr. Je weiter sie sich von der Kaserne entfernten, verfielen die Soldaten hauptsächlich in Schweigen und blickten aus den Fenstern. Doch die Aussicht war nicht etwa irgendeine. Die Landschaft, durch die sie fuhren, galt als eine der schönsten im Land. Man wusste, dass sie sommers wie winters genauso schön war, doch im Frühling und Herbst war sie ganz unwahrscheinlich schön. Im Frühling war die gesamte Hochebene von den Blüten der unzähligen blühenden Kirschbäume gefärbt, die nebenbei auch der Stolz dieser Gegend waren. Im Herbst wiederum hinterließen Hunderte von Gelbschattierungen den Eindruck, als läge das ganze Tal unter einem riesigen Goldhügel. Doch jetzt gab es fast kein Laub. Die kahlen Äste widersetzten sich trotzig dem starken Wind und nahmen durstig jeden Tropfen Regen auf. Der ganze Weg war in Kälte und Grau gehüllt, so dass es nicht eben angenehm war, eine solche Aussicht vor Augen zu haben. Besonders wenn man sich auf dem Weg zu seiner ersten wahren militärischen Aufgabe im Leben befand. Wegen des schlechten Zustands des Weges, der fast gepflügt wurde von den Ketten der Panzer und den Rädern der schweren Lastwagen, dauerte die Fahrt von fünfzehn Kilometern ziemlich lange. Die ganze Zeit über sah Michail beständig aus dem Fenster, ohne auf das, was um ihn her geschah, zu achten. Stojčevski versuchte mehrmals, ihn in die Unterhaltung mit einzubeziehen, doch Michails abgerissene Antworten ließen so etwas nicht zu. Doch als auf dem Weg ein Schild auftauchte, das besagte, dass Ufuk noch fünf Kilometer weit sei, fing Michail an zu reden.

»Weißt du, dass Ufuk auf Türkisch Horizont bedeutet?« fragte Michail.

»Nein, das höre ich jetzt zum ersten Mal«, erwiderte Stojčevski.

»Ja. Und das Dorf, in das wir jetzt gehen, hat seinen Namen daher bekommen, dass man von ihm aus angeblich das ganze Tal überblicken kann.«

»Interessant. Ich habe mich nie mit solchen Dingen abgegeben ... ich weiß nicht ... aber was erwartet uns da?«

»Wir gehen in ein Dorf, das wir nie zuvor gesehen haben, über das wir rein gar nichts wissen, um es gegen Leute zu verteidigen, die wir nicht kennen, und es dann in einer Zukunft zu schützen, die uns unbekannt ist. So ist das Leben ...«

»Du hörst nicht auf zu schreiben, stimmt's? fragte Stojčevski mit einem Lächeln.

»Hörst du vielleicht auf, Bälle zu werfen?« gab Michail zurück.

Und hier endete das Gespräch. Zu beiden Seiten des Weges begannen die ersten Häuser aufzutauchen. Alle waren stark beschädigt, und einige lagen gänzlich in Schutt und Asche. Am Wegesrand gab es etliche in Brand gesteckte und verschrottete Autos. Die Szene war identisch mit jedem anderen Ort, an dem gekämpft wurde. Alles war unheimlich und verödet. Sämtliche Fahrgäste in den Bussen drehten sich bald nach links, bald nach rechts, als suchten sie etwas äußerst Wichtiges. Eine knappe Minute später kam der Konvoi zum Stehen. Die Lastwagen und Busse parkten im Kreis in der Mitte des Dorfes. Der Fahrer machte den Motor aus und öffnete die Tür. Darauf erschien ein Leutnant und gab den Soldaten den Befehl, aus den Bussen auszusteigen. Einer nach dem anderen stiegen die Soldaten aus und formierten sich vor den Fahrzeugen. Danach wandte sich der Leutnant mit einer kurzen Ansprache an die Soldaten und erklärte ihnen ihre Aufgaben. Die eine Truppe sollte in der Polizeistation untergebracht werden, zusammen mit ein paar Polizisten, die aus dem Nachbardorf waren. Michails Truppe wurde in der Grundschule untergebracht, die an dem der Polizeistation entgegengesetzten Ende des Dorfes lag. Die Soldaten erfuhren, dass es hier bereits keine bewaffneten moslemischen Gruppen mehr gab und dass die Verbliebenen loyale Moslems waren, aber trotzdem erteilte man ihnen den Rat, auf der Hut zu sein. Michails Truppe sollte den oberen Teil des Dorfes kontrollieren, mit täglichen Patrouillen und Bewachung des Punktes am Eingang des Dorfes. Der Leutnant stieg in seinen Jeep, und Michails Truppe machte sich zu der Grundschule auf. Es hatte aufgehört zu regnen. Mit großen Schritten traten die Stiefel auf die nasse Straße in Ufuk. Alle Soldaten schritten entschlossen aus, gänzlich ohne zu reden, sondern nur auf die Gebäude um sich her blickend. Von Kugeln durchsiebte Häuser, in Brand gesteckte Geschäfte, verschrottete Autos und hier und da ein umherirrender und sichtlich besorgter alter Mann. Jene Ungewissheit aus der Kaserne war jetzt starke Furcht. Eine Furcht, die sowohl in den uniformierten jungen Männern lebte als auch in jenen trübsinnigen Alten. Auf ihrem Marsch über die Hauptstraße des Dorfes kam die Truppe in denjenigen Teil, der am meisten durch den Krieg gelitten hatte. Hier herrschte das blanke Grauen. An einigen Stellen lagen noch immer die Leichname von Soldaten und Zivilpersonen. Der unerträgliche Gestank veranlasste alle, sich die Nase zuzuhalten, als sie an ihnen vorbeikamen. An den Ruinen der ehemaligen Moschee standen jetzt aufgezeichnete Kreuze und Teile eines Gebets. Die Häuser rings um die Moschee waren von den starken Bränden gänzlich zerstört.

»Man hat sie umsonst vertrieben. Die kommen wieder«, ließ sich Dimitrija vernehmen.

»Was hast du gesagt?« fragte Igor.

»Siehst du das abgebrannte Haus da?« fragte Dimitrija und wies auf ein Haus gegenüber. »Du siehst, obwohl es abgebrannt ist, steht der Kamin noch. Und wenn der Kamin nicht eingestürzt ist, dann heißt das, dass diejenigen, denen das Haus gehört hat, zurückkommen und dass es wieder ihres wird.«

»Dummes Zeug«, entgegnete Igor desinteressiert.

Die Truppe setzte ihren Marsch fort und erblickte bald die Schule. Da beschleunigte sich das Tempo, und die Soldaten rannten beinahe auf ihr neues Heim zu. Es war ein anständiger eingeschossiger Bau. Die rote Ziegelfassade verlieh ihm eine gewisse Wärme und assoziierte deutlich einen Ort, der für Kinder bestimmt war. Der breite und ordentliche Hof war jetzt voll von Minenwerfern und verschiedenen anderen mörderischen Waffen. Am Eingang der Schule standen zwei maskierte Soldaten eines Spezialkommandos, die die Truppe in das Schulgebäude brachten. Nachdem sie ihnen das Innere der Schule gezeigt hatten, zogen die Soldaten ab und fügten hinzu, dass bald ihre Kollegen eintreffen würden, die für die ganze Truppe zuständig sein und den Leuten ihren Wochenplan geben würden. Die Truppe richtete sich gemächlich im Schulgebäude ein. Ein Teil der Schulräume war in Schlafsäle verwandelt worden und ein anderer in ein Waffenmagazin. Einer nach dem anderen wählte sich jeder aus der Truppe seinen Platz. Sie ließen ihre Ranzen zurück und begaben sich in die Kantine zum Mittagessen. Das Essen war nicht gerade wer weiß was. Konservengerichte, ein Becher Joghurt und ein Stück Obst. Trotzdem empfanden alle nach diesem ganzen Weg, nach all diesen entsetzlichen Bildern eine leichte Zufriedenheit darüber, eine anständige Mahlzeit und eine bequeme Matratze bekommen zu haben. Der Herbst ließ den Tag immer kürzer werden, und die Nacht brach rasch herein in Ufuk. Die Straßenlaternen, soweit sie noch funktionierten, beleuchteten die schmale Gasse und den Eingang der Schule. Der Tag verwandelte sich in Warten, und das Warten in Unruhe. Michails Truppe stand entschlossen am Eingang der Schule und wartete auf die nächste Anordnung.

Vierter Brief

Lieber Michail,

Deinen letzten Brief habe ich fast den ganzen Nachmittag über gelesen. Vielleicht hast Du Recht mit dem, was Du über die Wünsche und Hoffnungen schreibst, aber mir scheint es irgendwie, als ob sie allzu langsam reisen. Oder ich bin meinerseits zu ungeduldig. Es freut mich maßlos, dass Du zuweilen meine Stimme hören kannst. Ich werde mich nur mit Deinen Zeilen begnügen. Ich lese sie mit besonderer Aufmerksamkeit. Zuweilen kommt es mir so vor, als wären es nicht bloß Zeilen, sondern als redetest Du mit mir und sagtest all diese Worte. Und wenn ich den Brief lese, dann ist es genauso, als hörte ich Dich. Als stündest Du hinter mir und tätest etwas auf dem Balkon und redetest beharrlich auf mich ein, und ich hörte Dir aufmerksam zu. Aber ich habe keine Kraft mehr zu singen, Michail. Vor ein paar Tagen habe ich fast zwei Stunden lang versucht zu singen. Es ging nicht. Jedes Mal, wenn ich einen Ton von mir geben wollte, steckte mir irgendwie ein scharfer Klumpen in der Kehle. Ich versuchte vergeblich, mich zu beruhigen, tief zu atmen und mich zu konzentrieren. Es kam einfach kein Ton heraus. Das war eine unwahrscheinlich schwere Anstrengung. Am Ende gab ich auf und legte mich schlafen. Und so habe ich heute keinerlei Nutzen vom Singen. Es gibt auch fast keine Möglichkeit für mich, irgendwo aufzutreten. Nein, hier ist dem Volk überhaupt nicht nach Gesang. Die Straßen, Bars, Wirtshäuser, Theater … alles ist wie ausgestorben. Zuweilen finden sich hier und da ein paar Orte, wo die Menschen versuchen, ihre Gedanken von all diesem Schwarz abzulenken. Heute habe ich eine Einladung bekommen, bei einem patriotischen Abendkonzert aufzutreten. Ich und noch ein Dutzend Sängerinnen und Sänger sollen im Saal der Philharmonie auftreten. Es wird am Nikolaustag stattfinden, und es soll gerufen werden: »Gott, steh uns bei.« Wie dumm. Es wird eine neue Bühne eingerichtet, und im Publikum wird es Leute geben, die so tun werden, als wäre alles in Ordnung. Ich weiß noch nicht, ob ich annehmen soll. Einerseits ist das der letzte Ort, wo ich singen möchte. Aber andererseits habe ich schon zwei Monate lang keinerlei Einkünfte, und das patriotische Konzert verspricht ein sehr gutes Honorar. Ich weiß nicht, ob Du es weißt, aber hier beginnt sich schon ein Mangel an Mehl und Öl bemerkbar zu machen. Einige sagen, dass die Währung leicht an Wert verlieren kann oder dass es eine Inflation geben wird, ich bin nicht sicher, wie ich das erklären soll, aber ich weiß, dass es nichts Gutes bedeutet. Nun gut, es ist ja auch Irrsinn, in solchen Zeiten irgendetwas Gutes zu erwarten.

Letzte Woche war ich bei Deinen Eltern. Ich habe ihnen Deinen Brief mitgebracht und konnte sie fast zwei Stunden lang gar nicht wieder beruhigen. Jetzt geht es ihnen gut. Sie halten sich irgendwie. Sie haben mir gesagt, dass ich Dich im nächsten Brief grüßen soll, und das tue ich nun hiermit. Du sollst einfach wissen, dass es ihnen gut geht. Meistens sind sie zu Hause und meistens vor dem Fernseher oder Radio. Das alles kommt ihnen sonderbar vor. Sie erinnern sich ständig an den letzten Krieg, der vor zwanzig Jahren war. Sie stellen irgendwelche Vergleiche an und sagen, dass dieser Krieg weitaus gefährlicher ist. Ich habe versucht, sie irgendwie zu trösten, obwohl die ganze Zeit über mehr sie mich getröstet haben. Bald werde ich sie wieder besuchen. Ich hoffe, dass bis dahin auch Dein neuer Brief eingetroffen ist.

Aber wie geht es Dir? Bist Du noch in der Kaserne? Und wie verbringst Du Deine Zeit? Ist das Leben in so einer Welt für Dich erträglich geworden? Ich hoffe, dass Du keine Missverständnisse mit irgendjemandem hast. Ich glaube, dass Du jedes Hindernis erfolgreich bewältigst. Du musst, Michail. Du musst Dich mit dem abfinden, was das Leben Dir bietet. Ach, wenn wir nur rechtzeitig hätten fliehen können. Waren wir etwa so verblendet durch uns selbst, dass wir nicht gesehen haben, was auf uns zukam? Deine Beschreibung unserer ersten Begegnung hat mir ein spontanes Lächeln entlockt, doch das hat sich sehr schnell in einen Tränenstrom verwandelt. Ich glaube, dass es Dir zum ersten Mal in diesen acht Jahren gelungen ist, mich so heftig zum Weinen zu bringen. Damals, Michail, waren wir jung und ruhig, und es schien uns, als drehte sich die Welt bloß um uns. Und das sind die schönsten Tage meines Lebens gewesen. Dieser Abend in der Bar und Dein erster Besuch meines Konzerts sind die Tage, an denen ich am lebendigsten gewesen bin. Du weißt es ja selbst, dass das wie eine Wiedergeburt für mich war. Dass ich damals zum ersten Mal mit vollen Zügen das Leben eingeatmet habe. Vorher hatte ich nur auf das Leben gewartet und tagtäglich mit dem Verlust durch den Tod meiner Eltern gekämpft. Doch seit damals sehe ich das Leben und den Tod mit denselben Augen an. Und ich glaube, dass mir das alles sehr dabei hilft, die gegenwärtige Zeit zu bewältigen. Und ich werde Dir ewig dafür dankbar sein. Und ich werde Dich ewig lieben. Ich versuche, ein bisschen zu lernen, Briefe zu schreiben. Ich weiß, dass diese Briefe chaotisch ausfallen, unvorbereitet und vielleicht pathetisch, aber ich hoffe, mich zu bessern. Oder besser noch, wenn das hier schon morgen vorbei wäre und wir uns über unsere Stimmen und Berührungen aussprechen könnten und nicht über Papier und Tinte. Ich habe Dir so vieles zu sagen, und es kommt so wenig dabei heraus, wenn ich ein Blatt zur Hand nehme.

Morgen muss ich mich mit meinem Manager treffen. Er sagt, dass er will, dass wir ein neues Lied machen. Ich habe das Treffen hartnäckig abgelehnt, aber er wurde so lästig, dass ich am Ende zugestimmt habe. Morgen sollen wir uns sehen, und ich werde entscheiden müssen, ob ich ein neues Lied singen werde. Ich würde ihm gleich absagen, aber ich bin mir selbst nicht sicher. Vielleicht habe ich keine Kraft zum Singen, aber ich habe einen unbestimmten Wunsch, etwas Neues zu singen, etwas, das für mich selbst wäre. Und was noch merkwürdiger ist, wir können keinen Textschreiber finden. Du weißt, dass Natascha, die mir immer meine Lieder geschrieben hat, schon ein Jahr lang nicht mehr unter uns weilt. Jetzt werden wir jemanden finden müssen, der schreiben will. Zuweilen kann ich gar nicht glauben, was ich da tue. Das Land ist im Chaos, Tausende Menschen sind umgekommen, noch einmal so viele vertrieben, das Volk steht am Rande des Untergangs, und ich interessiere mich dafür, dass ich keinen

Textschreiber und Arrangeur habe. Vielleicht waren all diese Menschen im Recht, wenn sie behaupteten, Kunst sei überflüssig. Vielleicht ist etwas Wahres an alldem. Was fangen wir mit der Kunst an in solchen Zeiten, Michail? Weder kannst Du Dich in Deiner Uniform zurechtfinden noch kann ich etwas tun, womit ich mir das Überleben verdienen könnte. Die Menschen da draußen sind alleingelassen mit ihren Überlebenskünsten, die wir offensichtlich nicht haben noch jemals besessen haben. Und es bleibt uns nichts anderes übrig, als dazusitzen und darauf zu warten, dass das hier so schnell wie möglich vorbeigeht. Manchmal denke ich, dass wir die ganze Zeit über in Parallelwelten gelebt haben. In unserer und in ihrer Welt. Wir, Künstler, Professoren, Intellektuelle. Sie, Politiker, Geistliche und das leichtgläubige Volk. In ihrer Welt ist der Krieg vorbereitet worden, in unserer wusste man den Frieden nicht zu schätzen. In ihrer Welt wurde getötet, in unserer gelesen. Die warfen mit Hass um sich, wir verbargen unsere Toleranz. Und da stehen wir nun heute hier. Die feiern in Schützengräben und brüllen über Leichen, wir verstecken uns und beten darum, nicht ihre Trophäen zu werden. Wir hoffen, dass das Gute siegt, ohne dass wir Opfer des Sieges sein werden. Wir hoffen, dass die Stimme der Vernunft stärker sein wird als die Kanonen, obwohl die Stimme der Vernunft bei uns schon längst nur noch ein Flüstern ist.

Soviel von mir, mein lieber Michail. Ich habe keine Kraft mehr zu schreiben, und auch meine Gedanken gehen unerwünschte Wege. Bleib gesund und nutze jeden Moment, um Dir bewusst zu machen, dass dies nicht unser endgültiges

Schicksal ist. Am wenigsten ist es unser Ende. Ich bleibe hier und behüte die Stadt. Und wenn es sein muss, dann gebe ich mir noch einmal einen Ruck und fange wieder an zu singen. Für mich, für Dich, für alle wie uns, die gewaltsam Teil einer fremden, krankhaften Realität geworden sind. Auf Wiedersehen, mein lieber Michail. Mögen die kommenden Tage leichter und fröhlicher sein. Bis zu jedem nächsten Lesen eines Briefes von Dir umarme ich Dich mit aller Kraft. Bis zu unsrem nächsten Wiedersehen träume ich Dich mit jedem Augenschließen.

In unendlicher Liebe
Eleonora

Viertes Kapitel

Der Herbst besitzt jene Macht, alle Farben der Welt fort-
zunehmen und an ihre Stelle einen gewissen Ton der Ruhe
zu setzen. Eine Art Besänftigung nach dem langen, strah-
lenden Sommer. So war es auch in Ufuk. All diese Ruhe,
die über dem Dorf schwebte, verhieß trügerisch Frieden.
All die Sonnenstrahlen, die vom nassen Asphalt reflektiert
wurden, präsentierten sich trügerisch als Glanz. Die Stille,
die herrschte und die zuweilen von den Geräuschen der
Autos durchbrochen wurde, bot das trügerische Bild eines
kleinen, abgelegenen Ortes, der sein eigenes Leben führte.
Doch wenn man auch nur ein bisschen genauer hinblickte,
sah man, dass das einmal vielleicht auch ein sympathischer
Ort gewesen war. Jetzt war es bloß noch ein strategischer
Ort. Lediglich ein wertloses Toponym auf den militärischen geographischen Karten. Ein Ort, in dem es wohl einmal Leben gegeben hatte. Am Haupteingang des Dorfes
war ein Kontrollpunkt eingerichtet worden, über den die
Soldaten das Verlassen und Betreten des Dorfes kontrol-
lierten. Wie wesentlich dieses Dorf war, davon zeugte auch
die Zahl der in ihm untergebrachten Streitkräfte. An dem
Punkt am Eingang des Dorfes gab es sogar sechs Soldaten
in einer Schicht. Drei davon waren Spezialkräfte und drei
Reservesoldaten. Und unter den Reservisten war auch Michails Gruppe. Er stand zusammen mit Stojčevski und Igor
unter der Aufsicht von drei Spezialkräften; sie hielten am
Eingang des Dorfes Wache. Da der Straßenverkehr in die-

ser Gegend sehr selten war, verging die Zeit des Wachestehens nicht schnell. In das Dorf kamen meistens Militärfahrzeuge und vereinzelte Bauern oder Bäuerinnen, die ihre außerhalb des Dorfes gelegenen Besitzungen besuchen wollten oder von dort zurückkehrten. Die Reservesoldaten hatten die Aufgabe, die hereinkommenden und hinausgehenden Personen zu überprüfen, während die Spezialkräfte, mit schweren Waffen ausgerüstet, einzig und allein den Passanten zur Abschreckung dienen sollten. Auch an diesem Morgen bot sich kein anderes Bild. Igor, Michail und Stojčevski saßen auf dem für sie markierten Platz mit abgelegten Maschinengewehren, während die drei Spezialkräfte ein paar Meter von ihnen entfernt Stellung bezogen hatten. Vielleicht sah man es nicht gleich auf den ersten Blick, doch es schien, dass ihnen allen der Aufenthalt unter Zivilisten gut tat. Alle waren irgendwie zufrieden, dass sie Worte mit Leuten wechseln konnten, die nicht in Uniform waren. Die ersten Tage hatten sie vielleicht noch Angst, aber später begriffen sie doch, dass die dortige Bevölkerung keine Bedrohung für sie darstellte, da es sich hauptsächlich um Frauen und Kinder, alte Männer und den einen oder anderen jungen Mann handelte, der um keinen Preis kämpfen wollte. Nachdem sie sich einen Überblick über die Bevölkerung verschafft hatten, unterhielten die Soldaten fast ausnahmslos gute Beziehungen zu den Dorfbewohnern. Keiner erschien irgendwem als Bedrohung, doch trotzdem blieben beide Seiten auf der Hut. Michail und seine Kameraden bewältigten ihren Dienst mit Leichtigkeit. Von allem anderen abgesehen war dies eine gute Gelegenheit für sie, mehr über einander zu erfahren. Die Spezialkräfte hatten nicht die Angewohnheit, sich mit Reservisten abzugeben, und so unterhielten sich Michail, Stojčevski und Igor ständig miteinander. In manchen Momenten erhitzte sich die Diskussion derart, dass von Zeit zu Zeit sogar lautes Kichern zu hören war. Einmal erschienen während ihres Dienstes zwei Frauen an dem Kontrollpunkt. Nach ihrem Altersunterschied zu schließen waren sie sicherlich Mutter und Tochter. Die Überprüfung bestätigte dies später. Es waren wirklich Mutter und Tochter. Die eine war um die fünfzig, die andere Mitte zwanzig. Die Mutter trug eine Art schwarzen Mantel und ein eng umgebundenes Kopftuch, während die Tochter, die ihrer Mutter überhaupt nicht ähnelte, in eine hellgelbe Jacke gekleidet war, aus deren Ärmeln kaum die langen, zarten Finger lugten, die zeitweilig zitterten, sei es vor Kälte oder vor Angst. In ihrer Miene hatte sich gleichsam einstiger jugendlicher Schalk festgesetzt, der heute in dem Blick einer reifen Frau gebändigt war. Ihr Gesicht war nicht schön, doch bestimmt eindrucksvoll. Eines dieser Gesichter, die einem auf den ersten Blick auffallen und die sich einem fürs ganze Leben einprägen. Bei der Nennung ihres Namens lächelte sie nur leicht, wie es schien, mehr höflichkeitshalber. Die beiden sagten, sie seien in einem Schuppen gewesen, einen knappen Kilometer von dem Kontrollpunkt entfernt, um ihre Kälber zu füttern. Ihr Haus war nur fünfzig Meter weit. Nach kurzer Kontrolle setzten sie ihren Heimweg fort. Arm in Arm verschwanden sie hinter der ersten Straßenbiegung.

»Hübsch ist die Kleine. Wie für mich gemacht«, kommentierte Igor lächelnd.

»Was weiß ich … sie hat eine gewisse Energie«, schaltete sich Michail ein.

»Ach was, Energie, du bist schon ein komischer Kauz, Schriftsteller«, gab Igor zurück.

»Ja, der Mann ist Künstler, da ist es ihm unbehaglich zu sagen, dass sie wie gemacht ist, um …, deshalb kommt er uns jetzt mit Energie und solchen Dummheiten«, mischte sich Stojčevski ein, Michail neckend.

»Ach, jetzt fängst du auch noch an«, entgegnete Igor. »Du redest ja auch um den heißen Brei herum. Nenn die Sache doch beim Namen, es braucht uns hier doch nicht peinlich zu sein. Also, würde sie's tun? Was meint ihr?« beharrte Igor.

»Na, ich glaube, ja … wenn sie jemanden hätte, mit dem sie es tun könnte. Geh und frag sie«, gab Stojčevski zurück.

»Bei dir ist das Brom offenbar wirkungslos. Gut, du bist noch jung«, sagte Michail.

»Was ist bei mir wirkungslos? Was soll das sein?« fragte Igor verwundert.

»Brom«, antwortete Stojčevski. »Weißt du, man tut uns hier Brom in den Tee. Das verringert die sexuellen Bedürfnisse, aber gut, du bist noch in der Pubertät.«

»Ihr fresst alle beide Scheiße«, antwortete Igor wütend.

»Es stimmt wirklich«, erklärte Michail. »Brom wird genau aus diesem Grund gegeben. Obwohl ich ehrlich gesagt nicht weiß, wie du an so etwas denken kannst, während wir in diesem Nimmerland stecken. Zwischen Leben und Tod.«

»Ach Schriftsteller, fang jetzt nicht auch du noch an zu nerven. Wie soll ich denn nicht an so etwas denken. Woran sonst soll ich denn denken. Ach, Schriftsteller, das ist nicht so, wie du glaubst. Liebe, dies, das, Geistiges, ich hab' dir gesagt du hast mir gesagt. Es ist ganz einfach, ich will, sie will auch, und das ist alles. Was soll dieses Dramatisieren«, sagte Igor und steckte sich eine Zigarette an. »Du für dein Teil hast eine Frau. Eine wirkliche Schönheit. Ich weiß nicht im Einzelnen, wie sie ist, aber hübsch ist sie. Es sei dir gegönnt. Aber ich … ich hatte ein paar Mädchen aus meinem Städtchen, aber keine war so hübsch wie die, die gerade hier vorbeigegangen ist.«

»Schon gut, du bist jung, du hast noch Zeit«, rief Stojčevski.

»Nein, wirklich, Spaß beiseite: Du, Stojčevski, bist ein Star, wer weiß, mit wie vielen du schon zusammen warst. Meeensch, einer der bekanntesten Basketballer. Und dich, Michail, kenne ich zwar nicht so gut, aber du hast immerhin eine echte Schönheit zur Frau. Ihr könnt euch leicht über mich lustig machen.«

»Alles zu seiner Zeit, Junge«, tröstete ihn Michail. »Komm, man weiß nie, wann man auf die Liebe trifft. Vielleicht findest du ausgerechnet jetzt eine fürs ganze Leben. Vielleicht ist das gerade das Mädchen, das eben vorbeigekommen ist. Man kann nie wissen.«

»Ach ja?« rief Igor. »Wie hast du es denn bloß geschafft, so eine Frau zu erobern, du siehst ja nicht gerade nach wer weiß was aus … ich meine, versteh mich nicht falsch …«

»Schon gut, schon gut«, lächelte Michail. »Weißt du, wann ich begriffen habe, dass Eleonora für mich alles im Leben sein würde? Beim dritten Rendezvous mit ihr, da habe ich vierzig Minuten in unglaublichem Regen auf sie gewartet. Es gab kein verdammtes Dach, und ich stand da in einer dünnen Jacke, die dreimal so schwer war wie in trockenem Zustand. Es war ein richtiges herbstliches Unwetter. Es kam mir so vor, als ob der Wind alle meine Knochen einzeln davontragen wollte. Aber als ich sie dann sah, störte mich das alles mit einem Mal nicht mehr, und ich musste einfach lächeln. Danach bekam ich eine Bronchitis oder was immer es war. Aber ob ich diese halbstündige Warterei jemals bedauert habe? Niemals. So, und du wirst auch irgendwann so eine Gelegenheit haben.«

»Ach, ach … da kommst du uns jetzt wieder mit deinen Künstlergeschichten. Ihr Künstler wollt doch immer aus nichts etwas machen. Sag doch einfach, dass du nass geworden bist wie der letzte Pantoffelheld und dann krank im Bett gelegen hast, und das alles ihretwegen. Da kann ich bloß gähnen, nimm's mir nicht übel«, sagte Igor in spöttischem Ton.

»Also, ich höre euch so mit einem Ohr zu, und ich muss sagen, Igor hat Recht, in aller Freundschaft, Michail«, mischte sich Stojčevski ein.

»Er hat Recht, ich kann euch Künstler auch nicht verstehen. Ich erinnere mich, vor einem Jahr, vielleicht waren's auch zwei, da hatte ich eine Freundin, die sich sehr gern mit Künstlern abgegeben hat. Ich weiß noch, einmal hat sie mich zu irgendeiner Ausstellung mitgeschleppt. Irgendwelche Aquarelle oder wie die hießen. Ehrlich gesagt, für mich war das ein Haufen dummes Zeug, aber ich hab' mir gesagt, komm, ich bin schließlich hier eine Art Star, da ist es in Ordnung, auch ein bisschen auf Kultur zu machen. Und da spazieren wir also so durch das Museum, in den Hauptsaal, und hören uns so nebenbei an, was die anderen reden. Und alle fingen an, irgendwelche Bewertungen abzugeben, zu analysieren. Als wären sie vom Teufel besessen, riefen sie laut in den Raum, also fingen wir auch damit an. Und es lief gut, kann ich dir sagen, wir fingen an, gemeinsam zu analysieren und uns gegenseitig zu ergänzen, also das hier bedeutet das und das jenes, und dann einigten wir uns auch auf einen Terminus. Unwichtig, wir gingen weiter, kommentierten Zahlen, Worte, ließen uns hinreißen, und plötzlich begriffen wir, dass wir die ganze Zeit über diese Bildunterschriften analysierten und dechiffrierten, die bei jedem Werk stehen. Du weißt schon, dieses: Dimensionen, Jahr, Maltechnik. So etwas Peinliches habe ich mein Leben lang noch nicht erlebt. Wir sahen uns an, lächelten uns zu und gingen. Seit damals habe ich keinen Fuß mehr in eine Ausstellung gesetzt. Und sie auch nicht. Damals habe ich begriffen, dass diese Welt nichts für mich ist. Auch meine damalige Freundin hat das begriffen, und jetzt ist sie meine Frau, und wir gehen über-

65

haupt nicht mehr zu solchen Sachen. Wir sind eben nicht alle aus dem gleichen Holz geschnitzt.«

»Ha-ha-ha«, schrie Igor. »Du hast dich blamiert mit deinem ganzen Geld. Bravo. Wie kommt's, dass du nicht ...«

»Das reicht jetzt, Mensch«, unterbrach ihn Michail. »Schon gut, schon gut, Stojčevski. Jeder macht das, wofür er geboren ist. Wenn du mich zum Beispiel auf den Platz stellen würdest, wäre das zum Totlachen. Ich könnte nicht 'mal den Ball richtig fangen. Das ist nichts Schlimmes.«

»So, Leute, jetzt habt ihr genug über mich gelacht. Meine Schicht ist zu Ende, aber Dimitrija kommt zu spät wie jeden Tag. Grüßt ihn von mir, ich gehe mich hinlegen«, erklärte Igor.

Stojčevski und Michail setzten die Wache auf ihrem Posten fort, während die Spezialkräfte ihnen gegenüber missbilligend auf Igors leeren Platz blickten. Diese Missbilligung war indessen nur von kurzer Dauer, da Dimitrija bald darauf auf dem Wachtposten eintraf. Bald nach seiner Ankunft begann Dimitrija über Rückenschmerzen zu klagen und gab den anderen zu verstehen, dass er in die aufgebauten Sandsäcke schlüpfen und dort versuchen würde, sich hinzulegen. Alle gaben ihm ihr Einverständnis, und Dimitrija betrat den Bunker.

»Er ist der Erste, wenn es ans Schlafen geht«, bemerkte Stojčevski.

»Er hat es nicht leicht«, erwiderte Michail. »Nach allem, was er durchgemacht hat, muss er noch hier sein. In seinen Jahren ist das traurig.«

»Ich weiß, ich weiß. Ich hab' das bloß so gesagt, zum Spaß. Aber niemand hat es leicht. Wie sind wir bloß hierhin geraten?«

»Genau das frage ich mich auch. Und leider finde ich keine Antwort.«

»Ich weiß nicht, was ich denken soll. Ach, und es lief so gut bei mir. Der beste Spieler in der Liga. Kapitän der Nationalmannschaft. Und in Nullkommanichts ist man hier. Da stehe ich nun in irgendeinem Dorf, wo sich Fuchs und Hase gute Nacht sagen.«

»Ich weiß nicht, was ich dir sagen soll. Ich weiß nicht, womit ich dich trösten könnte. Ich weiß mir selber keinen Trost. Soll ich dir vielleicht sagen, dass es besser wird, wo ich doch weiß, dass es nicht so sein wird. Ich bin nicht so dumm zu glauben, dass alles so wird wie vorher. Ich weiß nicht mehr, wo ich bin … noch mit wem. Ich weiß nicht mehr, was Wachen ist und was Traum. Ich weiß nicht, wer ich bin. Die Nummer hier auf meiner Uniform oder der, der ich vorher war. Ich weiß es nicht, ich weiß es nicht … Seit einem Monat habe ich nicht mehr richtig geschlafen. Jeden Abend stelle ich mir selber Fragen. Und jeden Abend suche ich vergeblich nach Antworten. Ich träume irgendwelche leeren Träume, an die ich mich später nicht mehr erinnern kann.«

»Ich träume jede Nacht. Jeden Abend, wenn ich mich hinlege, träume ich einen einzigen Traum. Nichts Schlimmes, aber es ist jede Nacht dasselbe, deshalb fängt es an, mir Angst zu machen. Ein merkwürdiger Traum … wir spielen ein Finale, ich bin auf dem Platz, und das Publikum feuert mich an. Ich sehe auf der Anzeige an der Seite, dass wir noch fünf Sekunden haben. Wir haben den letzten Angriff und verlieren mit zwei Punkten Abstand. Ich habe den Ball und zeige meinen Mitspielern, dass wir eine Dreierlinie bilden müssen. Ich gebe den Ball ab und laufe in die Ecke. Die ganze Aktion besteht darin, dass ein Kreis um mich gebildet wird. Den Mittelpunkt bildet ein Block, der Verteidiger befreit sich und gibt mir den Ball. Ich sehe auf die Anzeige, es sind noch anderthalb Sekunden. Ich nehme den Ball und werfe ein erstes Mal. Der Ball dreht sich um den Korbring und geht nicht rein. Er dreht sich bloß um den Ring, und ich werfe aus meiner Lieblingsposition. Der Abpfiff kommt nicht, der Ball dreht sich bloß um den Ring, und genau in dem Moment wache ich auf. Und so jede Nacht. Seit sie mich mobilisiert haben, bis heute. Und jeden Morgen wundere ich mich und versuche zu begreifen, was das bedeutet, aber es gelingt mir nicht. Ich hab' gedacht, vielleicht verstehst du was von solchen Sachen. He? Was meinst du? Hat das irgendwas zu bedeuten?«

»Ehrlich, ich weiß es nicht«, erwiderte Michail enttäuscht. »Es tut mir leid, dass ich dir nicht helfen kann … aber hoffen wir, dass dein Traum etwas Gutes zu bedeuten hat. Mehr weiß ich auch nicht.«

»Ist auch nicht wichtig. Ich wollte mich bloß mit jemandem darüber austauschen. Und du schienst mir der Einzige zu sein, der mich nicht auslachen würde. Wir werden schon noch erfahren, was das zu bedeuten hat. Irgendwann.«

»Bestimmt, bestimmt …«, antwortete Michail, bevor er von einem einsetzenden Lärm unterbrochen wurde.

Der Lärm bedeutete, dass Lucky kam und Michails Schicht beendet war. Unter lautem Singen eines antimoslemischen Liedes näherte sich Lucky dem Posten. Die Spezialkräfte sahen sich bloß ungläubig an und grüßten Lucky. Michail verabschiedete sich von Stojčevski und machte sich bereit zu gehen.

»Auf, auf, die Künstler nach Hause, und die Soldaten an die vorderste Linie«, grölte Lucky, während er hin und her schwankte.

»Viel Glück«, gab Michail kurz angebunden zurück.

»He, der kleine Igor hat mir schon von dieser Puppe mit ihrer Mutter erzählt. Ej, ich hab' sie gesehen. Ich würde in sie hineingehen wie das Messer in die Butter. Ha-ha-ha …«

Michail hörte die Fortsetzung der Unterhaltung nicht mehr. Mit langsamen Schritten machte er sich zur Schule auf. Unterwegs dachte er über Stojčevskis Traum nach. Er versuchte eine Lösung zu finden, doch es gelang ihm nicht. Sehr bald gab er das Nachdenken darüber auf. Er schritt auf dem unebenen Weg dahin und blickte hin und wieder zu den Häusern um sich her. Plötzlich erschien ein trauriger Ausdruck auf seinem Gesicht, als er diese ganze Unordnung um sich herum betrachtete. Er tröstete sich damit, dass es noch Schlimmeres gab. Zum ersten Mal in seinem Leben stellte er einen solchen Vergleich an, und er fühlte sich nicht glücklich dabei. Er hätte sich gern gesagt, dass dies alles nur ein böser Traum sei, der vergehen würde, wenn er an den ersten Stein stieß. Doch so war es nicht. Jeder neue Schritt, den er tat, war noch irrealer, und das ließ ihn so aussehen wie einen Menschen, der auf seinen Tod zuschreitet. Wie langsam die Schritte auch waren, sie trugen ihn dennoch zu dem einzigen Heim, das er in diesem Moment besaß. In das Gebäude einer anständigen Schule, die zeitweilig von Leuten besetzt worden war, die seit langem nicht mehr die wichtigste Lektion im Leben begriffen. Wie man auch dann ein Mensch blieb, wenn man erwachsen war. Mit einem Haufen bedrückender Gedanken betrat er das Schulgebäude und bat den diensthabenden Offizier verzweifelt um so viele Papierbögen wie möglich. Er ging in sein Zimmer, ohne einen Blick auf seine Umgebung zu werfen, zog seinen Stift aus der Tasche und begab sich zu dem schwach beleuchteten Tischchen. Ihm war in der Tat schwer ums Herz. Er hatte so viele Gedanken und so wenig Zeit und Raum. Der Tag war für ihn bereits zu Ende, doch ihn erschreckte der Gedanke, dass sein Leben gerade erst begonnen hatte. Jenes richtige, ohne Uniformen und Waffen um ihn her.

Fünfter Brief

Meine Liebste,
es ist nicht verrückt, in verrückten Zeiten normal zu bleiben.
Das würde jeder tun, der auf sich hält, und das ist überhaupt
nicht sonderbar. Such Dir jemanden, der Dir ein Lied
schreibt. Am meisten von allem anderen hast Du es verdient,
das zu tun, was Du am besten kannst. Und ich verspreche Dir
hiermit, dass ich, falls Du nicht irgendjemanden findest, selbst
versuchen werde, etwas für Dich zu schreiben. Obwohl es mir
bislang auf keine Weise der Erde gelungen ist ... und dabei
wollte ich es so gern. Was das Konzert angeht, so hoffe ich, dass
Du auftreten wirst. Du hast Dir ja selbst gesagt, dass wir auf
unsere Überlebenskünste angewiesen sind. Und Du kannst
durch das Singen überleben. Nur selten hat heute jemand eine
solche Chance. Ansonsten sind wir nun bereits zwei Wochen
nicht mehr in der Kaserne. Man hat uns nach Ufuk gebracht,
ein ziemlich großes Dorf in der Nähe von Wolfshügel. Wir be-
wachen den Eingang zum Dorf und verbringen die Tage recht
gut. Zuweilen kann es langweilig sein, aber wir haben alle ir-
gendeine Beschäftigung gefunden. Dieses Dorf ist gar nicht so
schlecht. Wenn man bedenkt, dass ich bisher nicht einmal von
ihm gehört habe. Ein schöner, ruhiger Ort, an einem Hang ge-
legen. Bestimmt ist es hier im Frühling und im Sommer sehr
schön, jetzt ist es bloß grau und kalt und riecht nach Asche
und Schießpulver. Wir sind in einer Grundschule unterge-
bracht, und dort verbringen wir den Tag, wenn wir nicht auf
unserem Wachtposten sind. Das Dorf hat zwei Moscheen, die

71

bereits bis auf die Grundmauern abgebrannt sind. Von der einen heißt es, dass sie sehr schön gewesen sein soll, bevor sie in Brand gesteckt wurde. Es heißt, dass in ihrem Hof ein Stein gelegen hat, der verschiedene Krankheiten heilen konnte. Ein Stein, der allen geholfen hat, ohne Rücksicht auf ihre Religion. Der Stein ist jetzt nicht mehr da. Wer weiß, wo er nach der Panzeroffensive gelandet ist. Es heißt, dass eine solche Tat ein sehr schlechtes Zeichen ist. Du kennst mich, ich glaube nicht an solche Dinge, aber es ist einfach merkwürdig, wie das Volk geneigt ist, nicht wegen der Millionen von Fragen zusammenzuhalten, die ihm gemeinsam sind, sondern stattdessen auf der Stelle wegen der ersten besten Bagatelle zu töten, die einen Unterschied ausmachen. Doch das hätte mir schon seit langem klar sein müssen.

Ansonsten ist mehr oder weniger alles in Ordnung. Mir scheint, dass ich mich an diese Belagerung gewöhne, und das erschreckt mich hin und wieder. Trotzdem ist bei all den Dingen, die ich vermisse, noch immer nicht alles verloren. Du fehlst mir. Und das auf vielfältige Weise. Und nicht bloß Du. Mir fehlen all die Menschen, die bis gestern noch Teil meines Alltags waren und die jetzt wer weiß wo sind. Mir fehlt diese ganze Heiterkeit bei zufälligen Begegnungen, mir fehlt dieses ganze Verkehrschaos zur Arbeitszeit. Mir fehlt sogar der Sommer in der Hauptstadt, und all die nervösen Schritte, bis man die heißen Bürgersteige hinter sich gebracht hat. Mir fehlt es, wie Du wegen jeder unbeabsichtigten Verspätung böse wirst. Mir fehlt die Kühle nach Mitternacht. Und deshalb werde ich mich hier niemals eingewöhnen. Weil ich noch einmal aufwachen und von unserem Balkon aus den Strand sehen möchte. Weil ich wenigstens noch einmal im Park unseres Viertels herumlaufen möchte. Wenigstens noch einmal den Atem von Deinen Lippen in mich aufnehmen und auf ein spontanes Lächeln von Dir warten. Ich werde überleben. Weil ich mich wenigstens noch einmal über den Sieg meines Lieblingsteams freuen muss. Weil wir wenigstens noch einmal am Seeufer süßen Wein trinken müssen. Und dann, ein bisschen beschwipst, werde ich Dir gestehen, wie stolz ich auf mich bin, dass ich Dich habe. Siehst Du, deshalb werde ich von diesem Ort als derselbe zurückkommen, als der ich hergekommen bin. Und daran darfst Du nicht zweifeln.

Uns bleibt nichts anderes übrig, als uns für einander zu bewahren. Als in den Gedanken zu sein, selbst wenn sie auf falsche Pfade führen. Denk daran, meine liebe Eleonora, das Leben, das sind nicht die Worte, die wir einander gesagt haben, sondern die Gedanken, die wir verschwiegen haben. Alle hier sprechen von Dir, doch ich schweige mich beharrlich über Dich aus. Ich rede nur über das, wovon ich weiß, dass es nicht einmal den kleinsten Teil von dem ausmacht, was Du bist. Alles andere von Dir bewahre ich in meinen Gedanken, und nicht einmal dort will ich Dich teilen. Doch schmerzlich ist die Stille, mit der ich über Dich schweige. Und die einzige Art von Normalität ist für mich diese, wenn ich mit Worten zu Dir unterwegs bin. Weil ich weiß, wie weit die Reise auch ist, sie geht immer gut aus. Ich würde Dir ständig schreiben. Jeden Tag würde ich Dir Hunderte von Briefen schicken, doch es ist einfach so, dass die Feldpost streng limitiert ist. Trotzdem ist das letzten Endes gar nicht so schlecht. Jede neue Zeile für Dich schätze ich besonders. Jeden Gedanken wäge ich mehrmals ab. Ich versuche, alles auf diesen zwei Blättern zusammenzutragen, die mir zuweilen wie die winzigsten Blättchen vorkommen, die ich je gesehen habe. Und deshalb vergeht kein Morgen und keine Nacht, ohne dass ich mit meinen eigenen Gedanken kämpfe. Es vergeht keine Sekunde, in der ich Dir nicht in Gedanken schreibe und das Geschriebene wieder durchstreiche. Ebenso ist es auch mit meinen Träumen. Hier träume ich allzu oft. Das sind hauptsächlich merkwürdige Träume, an die ich mich später überhaupt nicht mehr erinnern kann. Ich träume sehr schlecht. Es ist fast so, als hätte ich überhaupt nicht mehr richtig geschlafen, seit ich von zu Hause fort bin. Ich kann nur schwer einschlafen, dann bin ich für eine Stunde oder zwei wie weggesunken, und dann stehe ich mit dem Gedanken wieder auf, alles verloren zu haben, aber bald beruhige ich mich wieder und begreife, dass das Leben noch immer da ist und dass es mich am nächsten Morgen in Gestalt einer Militäruniform und eines zweiläufigen Gewehrs erwarten wird. Vielleicht probiere ich eines Tages, vor dem Einschlafen ein bisschen Alkohol zu trinken. Vielleicht kann ich dann ruhiger schlafen. Obwohl Alkohol das ist, was ich jetzt am allerwenigsten brauchen kann.

Meine liebe Eleonora, ich habe Dir noch so vieles zu schreiben. Doch zum ersten Mal will es mir nicht gelingen, bestimmte Worte niederzuschreiben. Zum ersten Mal folgt meine Hand den Gedanken nicht. Ich habe Angst, Dir zu beschreiben, wie viel Angst ich wirklich habe. Ich habe Angst, Dir das einzu-

gestehen. Nicht wegen der Art, auf die Du das aufnehmen wirst, sondern weil jedes Nachdenken bei mir nur Ziellosigkeit und Furcht hervorruft. Diese beiden Gefühle trage ich schon seit langem mit mir herum, und alles kommt mir deshalb sonderbar und unnatürlich vor. Eleonora, ich muss hier abbrechen. Ich muss meine Gedanken zügeln. Es freut mich, dass Du Dich mit meinen Eltern getroffen hast, und nächstes Mal sage ihnen, dass ich an sie denke und dass ich früher zurückkomme, als sie erwarten. Umarme sie von Herzen von mir und treffe Dich mit ihnen, so oft es Dir möglich ist. Das sind keine Zeiten, um für sich zu bleiben. Wenigstens nicht dann, wenn man jemanden hat. Lebe wohl, Eleonora, und möge Dir dieser Brief nichts als Freude bereiten. Das haben wir, wie es scheint, alle beide verdient. Bleib mir gesund und mach Dir keine Sorgen.

Zwei Ewigkeiten Dir gewidmet
Michail

Sechstes Kapitel

Der Zentrale Platz in der Metropole war ein ganz ordentlicher Ort. Es gab nahezu keine Tageszeit, zu der er nicht von Menschen belebt war. Beständig war lautes Reden zu vernehmen. Der gesamte Platz war von Souvenirverkäufern, Antiquitätenhändlern, Buchhändlern und Verkäufern von all dem Kleinkram mit Beschlag belegt, der zufällige Passanten anlockte. Und manchmal waren die zufälligen Passanten derart zahlreich, dass es häufig vorkam, dass sich einer in diesem ganzen Durcheinander verlor. Das war ein Durcheinander wie in jeder kosmopolitischen Stadt. Über den Platz schritten unterschiedliche Personen, unterschiedlichen Glaubens, mit unterschiedlichen Weltanschauungen und in unterschiedlicher Stimmung. Doch jetzt, zu Kriegszeiten, war alles anders. Der ganze Zentrale Platz war verödet. Die Straßenverkäufer und -musikanten waren verschwunden. Verschwunden waren die neugierigen Touristen und ebenso die Einheimischen, die damit beschäftigt waren, den Weg auf der geräumigen Fläche sauber zu halten. Jetzt war es dort nur noch leer und kalt. Das herbstliche Grau, verstärkt noch durch einen feinen, doch hartnäckigen Regen, tauchte den gesamten Raum in Hoffnungslosigkeit. Das Denkmal ›Großer Anführer‹ gähnte vereinsamt und dachte nicht dran, auch nur um einen Zentimeter von seiner endgültigen Position zu weichen. Ein paar Leute mit in sich gekehrten Blicken liefen eilig über den Platz, einige von ihnen blickten sich unterwegs um, als seien sie auf der Flucht vor irgendetwas. Trotzdem standen im Unterschied zu früher nun an den vier Zugängen zu dem Platz mehrere Soldaten und jeweils ein Militärfahrzeug. Ihre starke militärische Ausrüstung regte die wenigen zufälligen Passanten überhaupt nicht auf. Alle waren an eine derartige Prozedur, die nun schon Monate andauerte, gewöhnt. Und außer diesen Soldaten, so schien es, wollte niemand sonst allzu lange auf diesem großen, offenen Platz verweilen. Der feine Regen nässte auch weiterhin den Platz, bis es dort immer weniger Menschen gab. Doch plötzlich tauchte vom östlichen Eingang her eine Gruppe aus Dutzenden von Personen auf. Mit kühnem Schritt dahinziehend, sangen die Leute aus der Gruppe irgendein unverständliches Lied und trugen eine auf ein großes, schwarzes Tuch geschriebene Botschaft. »Blut rettet, verschwende es nicht für jemanden, der es billig bei dir bestellt«, stand in roten Lettern auf dem großen schwarzen Tuch. Der Zug schritt sicheren Schritts auf das Denkmal des Großen Anführers und den Eingang zum Parlamentsgebäude zu, das an einer der Ecken des Platzes lag. Eine solche Massenbewegung war ein Signal für die auf dem Platz postierten Soldaten. Sie gaben eilig der Polizei Bescheid und begannen, um das große Denkmal Stellung zu beziehen. Dennoch gelang es dem Zug, sie zu umgehen und auf den Parlamentseingang zuzugehen. Dort hielten die Menschen an und begannen, gegen die Regierung gerichtete Botschaften zu rufen. Nach mehrminütigem Skandieren setzte sich die Menge auf den feuchten Boden. Alles in allem waren es nicht mehr als dreißig Menschen. Wenige Minuten später kam von der gegenüberliegenden Seite her Eleonora heran. Der ganze Vorfall erschien ihr sonderbar, und sie eilte auf die Gruppe zu. Während sie sich auf die Gruppe zubewegte, umzingelten starke Polizeikräfte den Platz. Vorsichtig auf dem feuchten Gelände ausschreitend, erreichte Eleonora die Gruppe. Sie brauchte ein paar Momente, um zu begreifen, was da vor sich ging, und dann begann sie einige der Leute zu erkennen. Als Erstes sah sie Ana, ihre Kollegin, eine Sängerin, dann sah sie einen Universitätsprofessor, dessen Namen sie nicht mit Sicherheit wusste, dann sah sie einen angesehenen Journalisten, und sie erkannte auch Martin, einen der bedeutendsten Schriftsteller in der Republik, und am Ende erblickte sie Redžep, ihren Lieblingsschauspieler. Nahezu alle aus der Gruppe erkannten sie und sprachen sie an. Während sie Redžo, wie er von allen liebevoll genannt wurde, fest umarmte, erklärten ihr die Übrigen, warum sie dort waren. Im selben Augenblick ließ sich der Polizeichef vernehmen, der den Anwesenden erklärte, dass nach dem Gesetz alle Massenversammlungen verboten seien, und ihnen eine Frist von wenigen Minuten einräumte, auseinanderzugehen. Die Menge nahm das mit Missfallen auf. Alle Anwesenden erhoben sich und begannen zu rufen. Im nächsten Moment zog Redžep zwei Bücher aus seinem schweren Mantel. Plötzlich verstummte der ganze Lärm, und alle Blicke richteten sich auf Redžos Bücher. Im nächsten Moment zog er eine Flasche mit irgendeiner Flüssigkeit heraus, begoss die

Bücher damit und steckte sie an. Es waren Exemplare des Korans und der Bibel.

»Das hier denken wir über eure beschissenen imaginären Figuren. Das hier denken wir über eure angebliche Heiligkeit. Das hier passiert, wenn uns Leute regieren, die kaum jemals ein einziges Buch gelesen haben«, rief Redžep vor dem in Hitze geratenen Polizeikordon aus.

Danach trat ein mehrminütiges Schweigen ein, das sich in ein entschlossenes Nicken des Polizeichefs verwandelte. Im nächsten Moment stürzten die Polizisten auf die Gruppe zu und schwangen ihre Schlagstöcke. Ausrufe und dumpfe Schläge hallten auf dem Platz wider. Eleonora versuchte wegzulaufen, doch einer der Polizisten packte sie und zwang sie zu Boden. Er hielt sie ein paar Augenblicke lang auf der Erde, dann richtete er sich halb auf und drückte mit seinen Händen ihren Kopf fest auf das kalte Pflaster. Eleonora begann, zu schreien, zu drohen und Schimpfworte zu rufen, doch das stimmte den Polizisten, der über ihr war, nicht um. Als die ganze Gruppe überwältigt war, begannen die Polizisten, die Leute aufzurichten und ihnen die Hände zu fesseln.

»Bringt diesen Abschaum von hier weg direkt auf's Revier. Bastarde, ihr habt euch für besonders schlau gehalten, verrückt zu spielen, während alle um euch herum bluten«, brüllte der Polizeichef.

Plötzlich tauchten mehrere Polizeiwagen auf, und nacheinander wurden alle aus der Gruppe zur weiteren »Bearbeitung«, wie die Polizisten sagten, abtransportiert. Die

Polizeifahrzeuge durchbrachen mit eingeschalteten Sirenen und Blaulicht die Stille, die von der Stadt Besitz ergriffen hatte. Von dieser ganzen tragischen Vorstellung auf dem Platz blieben nur zwei halbverbrannte Bücher zurück, ein zerrissenes schwarzes Tuch und ein paar Blutstropfen, die im stärker werdenden Regen ausbleichten. Der Platz wurde erneut leer, wie an den vorhergehenden Abenden. Jetzt gab es nicht einmal mehr zufällige Passanten. Auch nicht einen einzigen Zeugen dessen, was sich eben ereignet hatte. Hauptschuldige, Opfer und Zeugen dort waren die Menschen, die man in den Polizeifahrzeugen abtransportiert hatte und deren Schicksal höchst ungewiss war …

… Eleonora war in ein graues Gebäude gebracht worden, das fast keine Fenster besaß. Oder sie konnte wenigstens keine sehen. Sobald sie aus dem Wagen gestiegen war, führten sie drei Polizeibeamte in den zweiten Stock und übergaben sie ihren Kollegen. Auf dem engen Gang, der mehrere Türen aufwies, wartete Eleonora in Gesellschaft zweier Polizistinnen. Es schien, dass niemand zu einer Unterhaltung aufgelegt war. Eleonora lehnte sich an eine der Säulen auf dem Gang und betrachtete ihre Stiefel. Auf den einmal braun gewesenen Stiefeln gab es jetzt Schwarz, Asche und Spuren von Blut. Sie versuchte sich zu erinnern, wann sie diese Stiefel zum letzten Mal angezogen hatte, doch ihr Gedächtnis ließ sie im Stich. Seit jeher glaubte sie, dass es Kleidung und Schuhe gab, die ihr Glück brachten. Sie hatte stets ihren Lieblingspelz, ihr Lieblingstuch, - kleid und ihren Lieblingsschuh, die ihr immer Glück brachten.

80

Sie musterte ihren Aufzug. Diesmal hatte sie kein Glück bringendes Kleidungsstück gefunden. Doch auch so blieb ihr Gesichtsausdruck unverändert. Der versteinerte, zu Boden gerichtete Blick und das nervöse Beben der Lippen. Für einen Moment blickte sie zu den Frauen ihr gegenüber hin. Sie waren überhaupt nicht schön. Obgleich Eleonora, wenigstens in ihren Gesprächen mit Michail, häufig die Schönheit jeder Frau zu übertreiben und zu sagen pflegte, jede Frau sei schön, war das diesmal nicht der Fall. Und wirklich waren die Frauen Eleonora gegenüber auch nicht um ein Tausendstel schöner als sie. Wie derangiert sie auch war, mit einem großen Bluterguss an der Schläfe, mit unwahrscheinlich zerzaustem Haar und einem blutigen Fleck unter der Nase, war sie weitaus hübscher als die Polizistinnen. Auf ihrem Gesicht stand jenes ganze weibliche Selbstvertrauen geschrieben. Jenes Selbstvertrauen, wenn eine Frau sich ihrer natürlichen Schönheit bewusst ist und nichts sie darin schwankend machen kann. Eben ein solches Selbstvertrauen besaß Eleonora. Sie strahlte keinen übertriebenen Stolz aus, noch zeigte sie Verachtung gegenüber jenen Frauen bei ihr, die höllisch eifersüchtig auf sie waren. Nein, sie blieb dieselbe, die sie gewesen war, bevor sich dieses Handgemenge ereignet hatte. Sie blieb dieselbe sichere, entschlossene und unerschütterliche Persönlichkeit, obwohl sich die ganze Zeit über die Angst tief in ihr eingenistet hatte. Es mochten Stunden vergangen sein, während derer sie ihre Schuhe betrachtete, bis eine strenge männliche Stimme ihren Namen rief und sie in das erste Zimmer gegenüber der Säule beschied. Eleonora hob nur den Blick und ging wortlos auf die Tür ihr gegenüber zu. Das Zimmer war ziemlich unordentlich. Es gab darin einen langen Tisch und darauf hingeworfen Berge von Papieren, volle Aschenbecher und längst geleerte Kaffeeschälchen, in den Ecken erspähte man irgendwelche Kabel, und die braunen Sessel fielen ins Auge durch ihre Unsauberkeit. Vor Eleonora erschien ein kleinwüchsiger Mann, fast zwei Köpfe kleiner als sie. Das straffe Hemd bewies, dass er einige Kilo zuviel besaß. Auf seiner kleinen, rundlichen Stirn waren Schweißtropfen zu bemerken, was die Folge der hohen Temperatur im Raum sein mochte.

»Eleonora, meine Liebe. Bitte setzen Sie sich«, kam der Inspektor liebenswürdig auf sie zu.

»Danke, aber ich werde stehen«, erwiderte Eleonora verwirrt.

»Setzen Sie sich ruhig, das hier kann dauern«, beharrte der Inspektor.

Eleonora nahm vorsichtig in einem der braunen Sessel Platz. Für Augenblicke wurde ihr übel von diesem ganzen abgestandenen Geruch von Schweiß und Zigarettenrauch, gemischt mit dem Geruch von muffigem Papier und Spuren von altem Eisen. Der Inspektor setzte sich ihr gegenüber, öffnete eine Akte und begann, etwas zu schreiben.

»Aaach, wer hätte das gedacht. In solchen Unzeiten, im Dienst zu einer unmöglichen Zeit, lerne ich den größten Musikstar bei uns kennen. Verehrte Frau Eleonora, ich bin Inspektor Nikolov. Ich würde mich gern meiner Generäle rühmen, aber das ist jetzt nicht das Thema. Sagen Sie mir, wie geht es Ihnen?«

»Ich weiß nicht … unglücklich vielleicht?« erwiderte Eleonora nachdenklich, während sie auf die Wand hinter dem Inspektor blickte.

»Nicht doch, kommen Sie. Das hier ist nichts Schlimmes. Sehen Sie, ich werde Ihnen helfen. Das alles ist ein kleines Missverständnis. Nichts Schlimmes.«

Die ganze Zeit über schwieg Eleonora. Sie war in den Anblick einer der Wände versunken und hoffte, dass alles bald vorbei wäre. Das Ganze war nicht im geringsten angenehm für sie. Sie fühlte sich, als sei sie an einem Ort, wohin sie niemals selbst gegangen wäre. Sie fühlte sich ängstlich. Eine sonderbare Angst saß ihr im Nacken. Darin war gleichsam die gesamte Unruhe enthalten, die sie jemals empfunden hatte.

»Also, du bist … Pardon, Sie sind von dem Platz hergebracht worden. Sie waren in der Gruppe, die das Gesetz über öffentliche Versammlungen übertreten hat, das besagt, dass es keine öffentliche Versammlung geben darf, solange diese Situation besteht.«

»Nein, ich bin bloß dort vorbeigekommen«, antwortete Eleonora verwirrt.

»Aha!« rief der Inspektor. »Was für ein Zufall. Wie erklären Sie dann die Tatsache, dass fast alle Anwesenden bei diesem Protest Sie kennen?«

»Wenn das hier ein Verhör ist, dann würde ich gern meinen Anwalt rufen. Mein Anwalt ist Herr Jan …«

»Herr Janikj. Ja, ich weiß, Frau Eleonora«, unterbrach sie der Inspektor. »Sehen Sie, Eleonora … Darf ich Sie nur Eleonora nennen? Eleonora, Ihr Anwalt, Janikj, ist bereits seit einem Monat in Untersuchungshaft. Er steht im Verdacht, einer Gruppe bewaffneter Moslems geholfen zu haben. So dass er gerade nicht imstande ist zu kommen. Aber mach dir keine Sorgen, Eleonora. Du hast nichts verbrochen. Du brauchst keinen Anwalt. Alles wird ganz einfach gehen.«

»Aber was wollen Sie?« rief Eleonora mit nicht geringem Bangen aus.

»Beruhigen Sie sich. So war das also, Sie waren Teil einer Gruppe, die das Gesetz gebrochen hat. Sie sagen, dass Sie nur zufällig gekommen sind, um ein paar Leute zu begrüßen. In Ordnung. Sagen Sie mir bitte, wer hat das Ganze organisiert?«

»Ich weiß nicht … Ich weiß es wirklich nicht. Wie ich gesagt habe, ich kam ganz zufällig dort hin.«

»Eleonora, Eleonora. Was deine Freunde getan haben, ist ziemlich ernst. Untergraben der Moral und Desertieren. Das ist eine ziemlich ernste Angelegenheit.«

»Sie meinen, dass sie bloß deshalb schuldig sind, weil sie ihre Meinung geäußert haben?«

»Ha-ha-ha«, kicherte der Inspektor. »Eine Meinung hat jeder. Aber es ist eine Sache, wenn jemand seine Meinung für sich behält, und eine andere, wenn jemand seine Meinung den anderen als die einzige Wahrheit aufdrängt und sie dabei zu gewissen ungesetzlichen Handlungen verleitet.«

»Aha, ich begreife. Das heißt, deshalb stecken wir in dieser Misere. Weil sich alle die Meinung einiger weniger verrückter Anführer angeeignet haben. Und jetzt haben sie beschlossen, sich mit den falschen Denkweisen der anderen zu befassen.«

»Eleonora, meine Liebe, ich wusste gar nicht, dass Sie so dickköpfig sind. Nun, ich bin hier, um Ihnen zu helfen. Schauen Sie, das hier ist höchst einfach. Sie sagen mir den Namen desjenigen, der das Theater auf dem Platz organisiert hat, und Sie können gehen. Dann trennen wir uns, ich gehe nach Hause, lege mir Ihre neue Platte auf und erzähle voller Stolz davon, dass ich die Gelegenheit hatte, mich mit Ihnen zu unterhalten.«

»Ich sage es Ihnen nochmals, Herr Inspektor. Ich bin dort nur zufällig vorbeigekommen. Ich wusste nicht einmal, dass es eine Versammlung geben würde, und noch weniger weiß ich, wer dahintersteht.«

»Sie helfen mir nicht, Eleonora. Die Strafen für eine solche Tat sind übrigens sehr hoch, und weder Sie noch ich wollen, dass Sie als Beteiligte daran festgehalten werden.«

»Das will ich nicht, weil ich das nicht bin. Aber ich will auch niemandem die Schuld zuschieben, nur weil ich hier bin, in diesem grauenhaften Zimmer mit Ihnen.«

»Eleonora, wer dieses Gesetz übertritt, wird mit einer Geldstrafe in Höhe von zehn Monatslöhnen belegt oder muss zwei Jahre Gefängnis absitzen. Mitbeteiligte müssen immerhin fünf Monatslöhne zahlen oder erhalten eine Gefängnisstrafe von sechs Monaten. Überlegen Sie sich das besser. Kommen Sie, machen Sie uns nicht unglücklich.«

»Ich weiß, dass ich unglücklich von hier weggehen werde. Ich bin bereits unglücklich hergekommen.«

Der Inspektor erhob sich von seinem Sessel und langte nach einer Anrichte, aus der er eine Luxusschachtel Zigarren zog. Danach steckte er sich eine Zigarre an und begann, im Kreis herumzuwandern. Der Radius seiner Umdrehungen zog sich immer enger um Eleonoras Sessel. Mehrmals klopfte er auf die Rückenlehne des Sessels und berührte leicht Eleonoras Mantel, der darüber lag. Dann entfernte er sich wieder, doch im nächsten Moment beugte er sich vor Eleonoras Kopf herab und begann im Flüsterton:

»Eleonora, ich glaube, dass es einen Weg gibt, wie Sie aus der Sache hier herauskommen«, sagte der Inspektor gedehnt und griff nach dem ersten Knopf von Eleonoras Bluse.

»Nein!« widersetzte sich Eleonora. »Das dürfen Sie nicht.«

»Ich darf nicht, aber ich will«, fuhr der Inspektor fort, der unterdessen versuchte, den letzten Knopf aufzuknöpfen.

»Verschwinde!« schrie Elena und sprang von ihrem Sessel auf. »Verschwinde, du verwöhnter, nichtsnutziger Kerl. Du glaubst, wenn eine Frau hier hereinkommt, dann kannst du dir alles erlauben. Eine armselige Kreatur wie du. Du glaubst, weil du stärker bist, kann ich es dir nicht heimzahlen. Du glaubst, alle Frauen wären so wie die, die ihr tagtäglich peinigt. Dass ich die Beine breit mache oder dass ich so dumm bin, jemanden zu verpfeifen, der an seine

Ideen glaubt? Nein! Nein, du dummes Vieh. Da kannst du bei mir warten, bis du schwarz wirst. Du bist so armselig, dass deine Frustrationen dich längst aufgefressen haben. Der Teufel soll dich holen. Du meinst, dass ich hilflos bin, dass du die Regierung bist und tun kannst, was du willst! Du bist eine Null. Du bist die Personifizierung von all dem, was mit diesem Volk geschieht. Ihr denkt euch irgendwelche höheren Ziele aus, bloß um eure eigenen Komplexe zu kurieren, denn wenn das jetzt nicht wäre, dann wären du und deine Funktion so bedeutungslos, dass jedes gewöhnliche Vieh im Vergleich zu euch ein Mensch wäre. Und zwar ein Mensch im wahrsten Sinne des Wortes. Aber du bist keiner. Auch nicht die über dir. Ihr seid alle bloß kleine, hungrige Seelen, die nach einem kleinen bisschen Ruhm lechzen. Die nach einer Funktion lechzen, die ihr euch nie und mit nichts verdient habt. Verschwinde, du erbärmlicher Wurm! Du glaubst, dass eine Frau bloß existiert, um sich euch zu unterwerfen. Dass ihr euch bloß dann, wenn ihr Frauen überfallt, als Männer fühlt. Nein, du Trottel. Ich kenne Tausende Frauen, die bei weitem tapferer sind als du. Ich kenne Tausende Frauen, die jeden Tag ihr Leben aufs Spiel setzen. Aber du, du sitzt bloß hier herum, begeistert von deiner eigenen Erbärmlichkeit, und wartest darauf, dass du irgendeine unglückliche Frau ausnutzen kannst, die wer weiß wie hierher gelangt ist. Also, von mir bekommst du gar nichts. Und du kannst sicher sein, dass das hier noch ein Nachspiel haben wird!«

»Gut! Maja, herein!« brüllte der Inspektor. »Glaubst du,

ich wüsste nicht, wer ihr seid? Eine Gruppe von Angsthasen, die meinen, dass sie über allem stehen. Verwöhnte Bälger, denen das Leben alles gegeben hat und die sich jetzt einbilden, sie wären wer weiß was. Künstler, dass ich nicht lache. Eine Handvoll Papa- und Mamasöhnchen, die ihre Spielchen aufführen, während das ganze Land blutet. Während wir alle für die Orthodoxie kämpfen. Ach ja. Ich hab' ganz vergessen, dass du ja gar nicht orthodox bist, sondern so ein katholisches Gewächs. Du und dein Alter, wer weiß, was ihr ausbrütet. Ihr seid fremde Auswüchse. Leute, die nichts mit der Nation am Hut haben, mit der Religion, mit der Familie, Mann. Maja, schreib …« wandte er sich an seine Sekretärin, während diese ihre Schreibmaschine einrichtete. »Die Person E.N. wurde dabei aufgegriffen, wie sie eine Übertretung des Gesetzes über öffentliche Versammlungen und des Gesetzes über den Kriegszustand beging, indem sie Verleumdungen und Aufrufe zum Desertieren verbreitete, womit sie zur Untergrabung der Kriegsmoral beigetragen hat. Daher fordere ich, die Person mit der höchsten Geldstrafe oder mit einer Gefängnisstrafe zu belegen, da die Möglichkeit besteht, dass die besagte Person ihre Tat wiederholen oder eine noch schlimmere als die oben angeführte begehen wird. Also, und du, Eleonora, überleg' dir, was du tun wirst. Im Übrigen, bloß dies noch, wäre ich zu dem patriotischen Konzert gekommen, aber du wirst natürlich nicht daran teilnehmen, weil man erfahren wird, was du getan hast. Verdammte Scheiße, auch so 'was kommt vor. Du kannst ungehindert gehen.«

»Wenn ich mir dich ansehe, dann tut es mir leid, dass dieser Irrsinn nicht noch größer geworden ist«, erwiderte Eleonora, während sie ihren Mantel anzog. »Solche wie du haben dieses Land dahin gebracht, wo es jetzt ist. An den Rand des Abgrunds. Und wenn irgendwann jemand durch diesen dummen Krieg leiden sollte, dann solltest du das sein und solche wie du. Kleine, nichtswürdige Kreaturen, die sich grundlos als Menschen bezeichnen. Unterwürfige Kreaturen, die nichts sehen, was über die Fütterung ihres kleinen, billigen Egos hinausgeht. Und komm ruhig zu dem Konzert. Ich werde dort sein, hochaufgerichtet und mit starkem Glauben an all das, was ich tue. Im Unterschied zu dir.«

Eleonora verließ das Polizeirevier und blieb für einen Moment vor der Pforte stehen. Sie begriff, dass sie mehrere Kilometer von zuhause entfernt war und mangels Mitfahrgelegenheit zu Fuß würde heimgehen müssen. Doch das erschreckte sie nicht allzu sehr. Was sie erschreckte, war der Gedanke an all das, was sich kurz zuvor zugetragen hatte. Zum ersten Mal war es jemandem, der so klein, so unwichtig war, gelungen, ihr solchen Schmerz zuzufügen. Sie verließ den Hof des Polizeireviers und begann den unebenen Weg dahinzuschreiten. Sie zog einen kleinen Taschenspiegel aus ihrer Handtasche und betrachtete sich im Licht einer Straßenlaterne. Das, was sie im Spiegel erblickte, ließ ihre ohnehin schon unruhige Hand noch stärker zittern. Ihr Gesicht war halbtot. Ihre Wangen waren geschwollen, ebenso die Oberlippe, da war der Bluterguss, und die Augen blutunterlaufen. Sie konnte sich nicht erinnern, sich schon einmal so gesehen zu haaben. Von der ganzen Gefühlsmischung in ihr waren einzig die Tränen wirklich aufrichtig. Sie taumelte den Weg entlang und begann zu weinen. Sie weinte herzzerreißend, ungeheuchelt, ohne darauf zu achten, ob sie jemand sah. Das waren Tränen, die sie vielleicht schon allzu lange mit sich herumgetragen hatte. Mit jeder Träne, mit jedem Schluchzen verwünschte sie gleichsam sich selbst, sie verwünschte auch Michail und jeden Tag, den Gott werden ließ, an dem sie ihm hartnäckig gesagt hatte, sie sollten weggehen. Dass sie dieses Land verlassen sollten, das von Tag zu Tag weniger das ihre war. Dass sie das Volk verlassen sollten, das ihnen von Tag zu Tag fremder wurde. Ihre ungleichmäßigen Schritte passten vollkommen zum Schlagen ihres Herzens. Auch dieses schlug nicht regelmäßig. Für Momente stockte es, als fragte es jemand, ob es seine Arbeit fortsetzen wolle. Der Regen hatte längst aufgehört, doch der starke aufkommende Wind machte die Luft sehr kalt. In verkrampfter Haltung schleppte sich Eleonora weiter auf dem Weg nach Hause dahin. Tausende Gedanken gingen ihr durch den Sinn, doch nur einen vermochte sie bis zum Ende ihrer Wanderung zu behalten. Den Gedanken daran, wie sie ihm erklären sollte, was heute Abend geschehen war. Das Bewusstsein, dass er sie vorbehaltlos in allem, was sie tat, unterstützen würde, beruhigte sie für Momente und verlieh ihr die Kraft, weiterzugehen. Unterwegs versuchte sie ihre Gedanken zu fliehen und zu berechnen, wieviel

Zeit sie noch benötigen würde, um ihr Heim zu erreichen. Die Entfernung zwischen ihr und ihrem Heim wurde immer geringer, doch die Entfernung zwischen ihr und Michail blieb beharrlich dieselbe, und das brachte ihr keinen Frieden. Mit derselben Unruhe gelang es ihr, sich bis zu dem Gebäude zu schleppen, in dem sie wohnte. Die letzte Treppe zu ihrer Wohnung stieg sie mit schicksalsergebener Geduld hinauf. Schließlich betrat sie die Wohnung. Sie zog alle Kleidungsstücke aus und streckte sich auf dem Bett aus. Ohne das Licht auszuschalten, lag sie auf dem breiten Bett und wollte am liebsten so lange schlafen, bis das ganze Böse, das sie umgab, vorüber wäre. Vor dem Einschlafen schwor sie sich, vom nächsten Tag an nur noch ein einziges Ziel zu haben. Die Rückkehr Michails und das Verlassen der Stadt, die ihr fremd geworden war. Fortgehen, so weit und so schnell wie möglich, ohne die Chance einer Umkehr. Das versprach sie sich selbst und überließ sich dem Schlaf, der sie lange in seinem Reich behielt.

Sechster Brief

Mein lieber Michail,
bevor Du Dir darüber Gedanken machst, was geschehen sein
könnte, mach Dir klar, dass es nichts Schlimmes ist, was Dich
erschrecken müsste. Ist Furcht nicht am Ende das elementarste
aller Gefühle? Und wo käme man hin, wenn man nie Angst
empfände? Stell Dir vor, wir würden ohne Angst geboren und
aufwachsen. Die Welt wäre nicht so, wie wir sie kennen. Auch
wir beide wären nicht zusammen, lieber Michail. Deshalb ist
an der Angst nichts Schlimmes. Ich habe tagtäglich mit ihr zu
tun. Ich fürchte mich vor allem und jedem. In diesen Tagen
habe ich Angst davor nachzudenken, denn das sind keine Au-
genblicke zum Nachdenken, sondern zum Handeln. Entweder
wir entfliehen dem Irrsinn, oder wir lassen es zu, dass er uns
beherrscht. Weißt Du, was hier vorgeht? Die Menschen sind
miteinander verfeindet. Nicht dass sie es nicht auch früher
schon gewesen wären, aber dieses Mal ist es viel schrecklicher.
Jeden Tag wird jemand verletzt oder kommt in den Schlangen
für Brot, Milch … Benzin ums Leben. Man weiß nicht, wem
es schlechter geht. Euch, die ihr an der Front seid und gegen je-
manden kämpft, der eine andere Uniform trägt, oder wir, die
wir hier sind und gegen jene kämpfen, die hungriger und durs-
tiger sind als wir. Und es fällt mir schwer, über Normalität zu
reden in einer Zeit, in der ich nicht einmal die Menschen wie-
dererkenne, mit denen ich mein ganzes Leben lang zusammen
gewesen bin. Ja, Michail, hier glaubt niemand mehr irgend-
jemandem, und keiner hilft irgendeinem. Als wären wir eine

Horde wilder Tiere, die untereinander um die kleinste Beute kämpfen. Komm zurück, Liebster. Ich kann das nicht mehr allein durchstehen. Von allen Seiten kommen schlechte Nachrichten. Menschen sterben, die einen erst gestern noch herzlich gegrüßt haben. Menschen werden verkrüppelt, die einmal das blühende Leben waren. Diese Stadt wird täglich leerer und leerer. All die prachtvollen Boulevards, erleuchtet von Millionen Lichtern, sind jetzt dunkel und trist. Fast niemand bewegt sich mehr auf ihnen.

Ich schlafe auch nicht gut. Nein, nein, ich kann mich an solche Nächte nicht erinnern. Ich fahre jedes Mal zusammen, wenn ich den kalten Teil des Bettes berühre. Verschlafen, wie ich bin, fange ich an zu denken, dass Du mich verlassen hast, dass Du für immer von mir weggegangen bist. Und dann kann ich stundenlang nicht schlafen. Ich denke nur an Dich. Ich verfolge Dich mit meinen Gedanken und glaube, dass sie Dich schneller erreichen als alle Briefe. Und so geht es fast jede Nacht. Ich vergeude die Nächte mit Grübeln, bis es Tag wird. Und auch am Morgen ist es nicht anders, Liebster. Mir scheint, dass mir dann am schwersten ums Herz ist. Ich suche Dich in der kalten Wohnung, für Momente will ich auch nach Dir rufen, doch dann wird mir klar, dass das kein Morgen ist wie die anderen. Dass an diesem Morgen ich nicht ich bin, sondern in einer Deiner Vorstellungen spiele, die nie zu Ende geht. Sind wir denn so schwach gewesen, dass wir es zugelassen haben, dass andere über unsere Morgen, Tage und Leben entscheiden? Sind wir denn so klein, dass wir uns ständig in irgendjemandes fremden Plänen verlieren? Haben wir denn *geglaubt, dass wir mit unserer Selbstgefälligkeit abseits von all dem hierbleiben werden? Ich mache Dir keine Vorhaltungen, ich will bloß fragen. Zuweilen möchte ich schreien. All die bösen Gedanken aus mir herauslassen, die mich unglücklich machen. Doch ich will nicht vom Wesentlichen abkommen. Ich habe den Auftritt bei dem patriotischen Konzert angenommen. Morgen soll ich auf der Bühne auftreten, und ich weiß nicht, wie bereit ich für so etwas bin. Aber auch das wird vorbeigehen. Vor ein paar Tagen hat mein Manager versucht, mich zu trösten. Er sagte zu mir: »Du musst Geduld haben, das hier muss irgendwann vorbeigehen.« Es wird vorbeigehen, sage ich mir. Vielleicht in einem Jahr, vielleicht in zweien. Vielleicht auch nie. Auch mit uns wird es eines Tages vorbei sein. Unsere Jahre werden in Angst vergehen, etwas zu ändern. Und eines Tages werden wir alle weggehen. Wir werden uns in die Welt zerstreuen und hinter uns leere Häuser und volle Gräber zurücklassen, damit sie daran erinnern, dass man irgendwann auch hier gelebt hat. Es gibt nichts Schlechteres als falschen Trost, Liebster. Es gibt nichts Schlechteres, als wenn man sich selbst damit tröstet, dass es irgendwann besser wird, und man doch weiß, dass es nicht so sein wird. Und das schmerzt mich. Das schmerzt mich, Liebster, jedes Mal, wenn ich mich hinsetze, um Dir zu schreiben. Mir ist, als fügte ich meinem Herzen mit jeder neuen Zeile eine Narbe zu. Nein, ich kann das alles nicht mehr aushalten. Ist es denn möglich, dass niemand sieht, was um ihn her geschieht? Existiert denn wirklich niemand, der stehenbleibt und brüllt, dass dies hier ein Ende haben muss? Sind denn wirklich alle derart ver-*

ängstigt? Verängstigt weswegen, Liebster? In Angst darum, wenigstens noch einen Tag länger in Unterwürfigkeit gegenüber einem zu leben, der aus Langeweile mit ihren Leben spielt? Ist denn dieses Bedürfnis nach einem qualvollen Leben stärker als das Bedürfnis, Widerstand zu leisten? Als das Bedürfnis, sich selber ein für allemal einzugestehen, dass ein solches Leben würdelos ist? Besitzen diese Leute überhaupt Würde, Michail? Haben sie sich wenigstens ein einziges Mal vor den Spiegel gestellt und sich gesagt, dass sie wenigstens ein kleines bisschen mehr verdient haben als dieses elende Dasein, das man Leben nennt? Oder sind alle bloß kleine Seelen, zurückgelassen auf einer leer gefegten Fläche, die auf irgendeinen Wind warten, der sie in Bewegung setzt, obwohl dieser niemals kommt? Oder habe ich die Dinge vielleicht schon immer anders gesehen? Es lohnt sich nicht, Liebster. Es lohnt sich nicht. Jeder Versuch, auf all jene Fragen zu antworten, die mich belasten, verwandelt sich in Schuldgefühl und eine qualvolle Leidenszeit. Ich leide unter den anderen, und ich leide unter mir selbst. Nun, mein ganzes Glück beruht darauf, jemanden zu finden, der wenigstens ebenso unglücklich ist wie ich. Ich kann nicht mehr. Vergebens kämpfe ich darum, nicht den Verstand zu verlieren. Mir scheint, dass nur er mir noch geblieben ist. Ich habe keinen Ort mehr, Liebster. Alles, was mir geblieben ist, das ist das Empfangen und Abschicken von Briefen. Das, was dazwischen ist, will ich nicht Leben nennen, denn das ist es nicht, und ich will auch nicht, dass es das jemals sein wird. Zuweilen scheint mir, dass hinter all diesen Zeilen nie ich gewesen bin. Dass diese Briefe von einer fremden Hand ge-

schrieben werden, von einem fremden Kopf. Und ich weiß nicht, was ich denken würde, wenn ich diesen Sätzen irgendwo erneut begegnen würde.

Ich bin vereinsamt und allem entfremdet, Michail. So sehr bin ich allem entfremdet, dass ich mich nicht einmal selbst mehr wiedererkenne. Immerzu scheint mir, dass all das, was ich vor diesem Irrsinn erlebt habe, bloß eine schöne Geschichte war, die ich irgendwann vor langer Zeit gelesen habe, an die ich mich auch jetzt noch vollständig erinnere. Ich habe nicht die Absicht, sie zu vergessen. Nein, Liebster. Es gibt nicht so schwere Augenblicke, dass ich vergessen könnte, was das ist: Leben. Was Glück ist, was Stolz und was Zufriedenheit. Und wie stark auch das Gebrüll all jener traurigen Gestalten ist, wie mächtig auch sämtliche abgefeuerten Kugeln, wie laut die Explosionen der Bomben, in mir wird stets das Flüstern lauter sein, das mir sagt, dass das Leben etwas viel Reicheres ist als simples Überleben. Und damit werde ich schließen, Liebster. Ich habe keine Kraft mehr, noch irgendetwas zu schreiben. Ich hoffe, dass Du auf Dich acht gibst, dass du es den fremden Alpträumen nicht erlauben wirst, Dein Leben im Wachen zu werden. Auf Wiedersehen, Liebster. Ich schenke Dir all meine Liebe.

Unendlich Deine
Eleonora

Siebtes Kapitel

Der Dezembermorgen in Ufuk war ungewöhnlich kalt und ungewöhnlich stürmisch. Aus den schweren, grauen Wolken stob ein feiner Schnee, der schmolz, bevor er zur Erde fiel. Der zeitweilig starke Wind pfiff zwischen den Helmen und den kalten Gewehrläufen hindurch. Im Hintergrund hörte man starke Detonationen, während am Himmel verstreut ein Dutzend Helikopter fortwährend über das Gelände hinweg flog. Die Operation »Schwert« dauerte schon vier Tage und befand sich bereits in der letzten Phase. Mit dieser Operation sollte Tarman eingenommen werden und der Krieg ein neues Niveau erreichen. In Anbetracht dessen, dass Ufuk äußerst nah war, hatte sich das gesamte Dorf in ein logistisches Lager verwandelt. Unentwegt trafen Lastwagen, Busse und Panzer ein. Sanitätsfahrzeuge eilten nach und aus Tarman. Michails Truppe sicherte das Gebiet rings um die ehemalige Bezirksambulanz, die jetzt in ein großes Feldlazarett umgewandelt worden war. Nahezu niemand wusste, was in der Nachbarstadt geschah und wie und wann es zu Ende sein würde. Die Bilder, die man in dem Feldlazarett zu sehen bekam, waren von der Art, dass man sie niemals mehr vergaß. Schreie, Stöhnen, Krämpfe und Blut. Übertrieben viel Blut. Im hinteren Teil des Hofes, in einem aus einem alten Fass improvisierten Ofen verbrannten Dutzende blutige Laken, Hemden und Hosen. Der schwarze Ruß kontrastierte mit dem makellos weißen Schnee, der immer stärker zu fallen begonnen hatte. Dieser Anblick war für Michail großartig, erhaben. Für Momente dachte er, dass er noch nie ein derart starkes Bild gesehen hatte, wo zwei reine Gegensätze aufeinander zueilten. Etwas benommen vom Blutspenden am Morgen setzte sich Michail auf eine der Bänke und steckte sich eine Zigarette an. Er war kein Freund von Zigaretten, doch zuweilen pflegte er sich eine anzustecken. Er steckte sich nur dann eine Zigarette an, wenn er übertrieben aufgeregt oder übertrieben beunruhigt war. Wenigstens versicherte er das den anderen um sich her. Diesmal war es eine Zigarette vor Unruhe, und er rauchte sie nicht zu Ende. Irgendwo bei einem Drittel des Filterpapiers empfand er Bedrückung und Ekel, so stand er auf, warf die Zigarette in das Fass mit dem Feuer und nahm seine vorherige Position wieder ein. Der Eingang zum Lazarett war auf seine Art ein Eingang zur Hölle. Die Ambulanzfahrzeuge stauten sich vor dem Eingang, als wollten sie alles Leiden der Welt dort hineintragen, als ginge von ihnen aller erdenkliche Schmerz aus. Und es gab auch solche, die nur den Tod trugen. Ja, der Tod hatte sich bereits in dem einst sympathischen zweistöckigen Gebäude eingenistet. Das zufällige Anstoßen durch den Ellbogen eines Soldaten brachte Michail in die Realität zurück. Er ließ das Grübeln sein und blickte um sich. Obwohl sein Blick etwas unscharf und getrübt war, gelang es ihm, den letzten Soldaten zu sehen, der auf einer Trage in das Lazarett gebracht wurde. Sein Gesicht war furchtbar blass, als sei kein bisschen Leben mehr in ihm. Seine Augen waren blutig und kaum geöffnet. Es war schlimm, dass er bei Bewusstsein war. Seine Arme schlackerten frei im Rhythmus der Schritte der Sanitäter, doch sein Kopf schien fixiert zu sein. Seine grüne Uniform war nun schwärzlich und nass. Während er zum Eingang getragen wurde, sah Michail ihn unverwandt an. Obwohl die Sanitäter diese Entfernung von wenigen Metern in ein paar Sekunden zurücklegten, schien es Michail, als sähe er stundenlang zu. Der Soldat gab kaum Lebenszeichen von sich. An seiner zerrissenen Uniform war in der Gegend des Unterleibs nur nacktes Fleisch zu sehen und blutige Schläuche, bei denen es sich um seine Eingeweide handeln musste. Michail überging diesen Körperteil rasch und ließ seinen Blick abwärts wandern. Und da unten war, obwohl das rechte Bein normal endete, das linke um zehn Zentimeter kürzer. Es war kein Stiefel daran. Das linke Hosenbein flatterte im Wind, und zwischen den zerrissenen Enden war das blutige Bein und der blanke weiße Knochen des Unterschenkels zu sehen, der mit dem Blut darum herum unwahrscheinlich weiß war und für Momente sogar leuchtete. Und in diesem Moment hielt es Michail nicht länger aus. Er drehte sich zur anderen Seite hin und ging fort. Wie sehr er sich auch bemühte, an irgendetwas anderes zu denken, der junge Soldat war noch immer in seine Gedanken eingemeißelt. Das war weder der erste noch der letzte Verwundete oder Tote gewesen, den er in seinem Leben gesehen hatte, doch diesmal war es anders als sonst gewesen. Der Soldat war nicht älter als zwanzig, und Michail war sicher, dass er nicht einmal volljährig war. Ein

Gefühl von Wut und Trauer, von Furcht und Hass stieg in ihm auf. Von Resignation. Von allen bekannten und unbekannten unangenehmen Emotionen. Schnellen Schrittes entfernte er sich vom Eingang des Lazaretts und löste einen aus seiner Truppe ab. Er ging den östlichen Flügel des Hofes bewachen, und hier, in der Nähe seines Postens, stieß er auf Rodžo und Igor. In Ermangelung des Wunsches nach irgendeiner Unterhaltung standen die Drei nur da und beobachteten die Umgebung, wobei sie ab und zu darauf lauschten, was an den entfernteren Toren geredet wurde. Die Zeit schien stillzustehen, und Michail hatte das Gefühl, dass diese Schicht nie zu Ende gehen würde. Trotzdem kamen nach einer knappen Stunde drei Soldaten der anderen Truppe zu ihrem Posten, um die Wachablösung zu übernehmen. Wenige Minuten lang führten die Soldaten die paar üblichen Gespräche. Sie tauschten Informationen über den Zustand der Verwundeten und Gefallenen aus, über das Fortschreiten der Aktion in Tarman und über den Krieg überhaupt. Alle Anwesenden verabschiedeten sich dann und wollten ihrer Wege gehen. Doch da ertönte aus der Luft eine leichte Detonation, und keine Sekunde später noch eine.

»Ein Heckenschütze!« rief jemand, und alle legten sich auf den Boden.

Auch Michail legte sich hin. Er lag auf dem Bauch und zog sich das Gewehr vom Rücken.

»Ein Heckenschützeee!« brüllte der Soldat neben ihm.

Michail wandte sich nach rechts und sah den Soldaten,

der gerufen hatte. Dann drehte er sich nach links und erblickte Rodžo. Dieser lag ein paar Meter entfernt und blickte in Michails Richtung. Seine Augen waren gläsern, und von der Stirn rann unermüdlich ein Streifen dunkelroten Blutes. Der Mund war halbgeöffnet, und der reine Blick schaute Michail direkt ins Gesicht. Sein Haar war bereits weiß vom Schnee, und der Blutstrom ergoss sich immer weiter. Michail rührte sich nicht von der Stelle. Er konnte seinen Blick nicht von dem Toten losreißen. Er konnte auch nicht die Augen schließen.

»Die Funkstation, Mensch!« schrie der Soldat hinter ihm.

Michail drehte sich verwirrt um und blickte seinen Kameraden stumm an.

»Gib Meldung über Funk! Solange sie den nicht gekappt haben!« sagte der Soldat zu ihm.

Michail erwiderte nichts darauf, sondern zog bloß das Funkgerät aus seinem Gürtel und warf es zu dem Soldaten hinüber.

»Empfang, Empfang. Heckenschützenfeuer. Zwei Opfer im östlichen Flügel. Empfang. Heckenschützenfeuer aus Richtung Süd-Südost!« wiederholte der Soldat unter zeitweiligem Rauschen von der Funkstation.

Michail wollte sich aufrichten, doch die Stimme des anderen Soldaten ließ ihn innehalten.

»Leg dich wieder hin, Mensch, du bist wohl verrückt. Vielleicht sind die noch da. Leg dich wieder hin!«

Michail nahm erneut seine liegende Position ein und

sagte weiter nichts. Wer weiß, wieviel Zeit verging, während er so starr auf der kalten Erde lag. Er lag da, schaute auf den geschmolzenen Schnee und schwieg. Nach ein paar Sekunden, vielleicht auch Minuten, wurde seine Aufmerksamkeit vom Angriff zweier Panzer angezogen, die ein Dutzend Meter vom Lazarett entfernt vorbeifuhren. Ihre raue Fortbewegung auf dem Asphalt endete nach ein paar Metern. Dann hörte man drei starke Explosionen hintereinander. Kurz darauf meldete sich das Funkgerät.

»Hier spricht der Sergeant. Die Heckenschützen wurden neutralisiert. Sie können sich rühren. Ich wiederhole, Sie können sich rühren.«

Michail richtete sich leicht vor dem verschneiten Hintergrund auf. Der Soldat neben ihm trat zu ihm, ergriff seinen Arm, und zusammen gingen sie vorwärts.

»Es ist gut. Du bist nicht verwundet. Wir sind gerettet«, sagte der Soldat, und sie setzten ihren Weg zum Haupteingang des Lazaretts fort.

Mehrere Stunden nach dem Heckenschützenangriff hatte sich die Atmosphäre noch immer nicht wieder beruhigt. Das Heer bestätigte, dass Rodžo und der Soldat der anderen Truppe gefallen waren. Dann bestätigte es, dass in die beiden Häuser, in denen sich die Heckenschützen befunden hatten, mit Erfolg Granaten geworfen worden waren. Zwei Stunden nach der Aktion zog das Heer die beiden Leichname von Männern mittleren Alters aus den Ruinen. In dem ganzen Chaos gelang es ihnen auch, Teile von Waffen und etwas Munition zu finden. Die Leichname der Scharfschützen warf man in die Mitte des Dorfes und warnte über Lautsprecher die übrigen Bewohner, nicht daran zu denken, Widerstand zu leisten, und, sobald sie jemand Verdächtigen bemerkten, unverzüglich dem nächsten Soldaten Meldung zu erstatten. Die Situation im Lager war angespannt. Michails Truppe stand in einer Ecke, nahe bei Rodžos Leichnam. Keiner sprach ein Wort. Lucky schaute bloß auf den toten Körper seines Gefährten und nippte sehr oft aus einer Schnapsflasche, wobei er ab und zu einen Schluck oder zwei verschüttete. Igor konnte noch immer nicht glauben, dass einer aus seiner Truppe gefallen war. Er staunte über den Moment, in dem er nach links gegangen war statt nach rechts, wie Michail und Rodžo. Er war überrascht, wie er bloß um Haaresbreite dem Tod entgangen war. Michail war schon lange nicht mehr in Gedanken dabei. Erfolglos bemühte er sich, die Bilder auszulöschen, die er den ganzen Tag über gesehen hatte. Auch die anderen aus der Truppe waren in keiner anderen Stimmung. Alles in allem war das eine Stille der Trauer. Bis zu dem Moment, als aus dem Lautsprecher Töne erklangen. Es war eine Kirchenmusik, gesungen von einer wunderschönen weiblichen Stimme. Die vollkommene weibliche Stimme erklang in der kalten Luft, die irgendwie immer wärmer und wärmer wurde. Die vorherige Unruhe verwandelte sich in eine wunderbare Ruhe. Alle lauschten aufmerksam. Obwohl fast keiner die Worte verstand, nahmen alle ihre Helme vom Kopf und erhoben sich. In ihren Augen blitzte nach längerer Zeit zum ersten Mal wieder ein Funke auf. Ein Funke, der nicht sagte, dass man lebte, sondern ein Funke, der Hoffnung ausstrahlte. Eine verdammte, unbegründete Hoffnung, die ihnen sagte, dass bald alles besser werden würde. Michail hatte keinen solchen Funken. Auch er stand zusammen mit den anderen da, doch seine Aufmerksamkeit war einzig auf die Stimme gerichtet, die er hörte. Er stand da und konnte nicht glauben, dass er eine Stimme hörte, die bei weitem stärker und schöner war als die Eleonoras. Sein ganzer Körper war angespannt, und seine Augen waren blutunterlaufen. Tausende Gefühle überwältigten ihn. Tausende Gedanken flohen ihn. Tausende Berührungen fehlten ihm. Mit jedem neuen Ton wurde er immer unruhiger. Irgendwann gegen Ende des Liedes beschloss er, sich hinzusetzen und sich eine Zigarette anzustecken. Er setzte sich seinen Helm auf den Kopf und sah aus den Augenwinkeln zu Lucky hin. Dieser trank träge aus seiner Schnapsflasche. Es schien, dass er überhaupt nicht atmete, sondern nur von dem Alkohol schluckte. Das Lied war zu Ende. Auch Luckys Trinken hatte ein Ende. Sorgfältig verschloss er die leere Flasche und ließ sie zu Boden sinken. Dann küsste er Rodžo auf die Stirn, bekreuzigte sich und ging nach draußen. Auf dem Weg schnappte er sich sein Gewehr und verlor sich in der Dunkelheit. Jeder war so sehr in sich selbst versunken, dass fast keiner sein Verschwinden bemerkte.

Weibliche Schreie, das Knallen von Schüssen und laute Flüche hallten in der Stille wider, die nach dem Ende des Kirchenliedes eingetreten war. Alle waren betroffen, griffen nach ihren Gewehren und stürzten zu der Stelle, von wo die Stimmen kamen. Auf einem Platz, nicht weit vom Zentrum des Dorfes, hatte Lucky mit noch zwei Soldaten mehrere Dorfbewohner zu Boden geworfen. In der Hauptsache waren das ein paar Frauen und Mädchen und ein alter Mann. Lucky attackierte die Dorfbewohner wütend, beschimpfte sie fortwährend und überhäufte sie mit den übelsten Flüchen. »Krepiert, ihr Abschaum!« »Euer Samen soll verfaulen! Keiner von euch soll übrigbleiben!« Die Soldaten, die bei ihm waren, schlugen von Zeit zu Zeit mit ihren Knüppeln auf diejenigen ein, die aufzustehen versuchten. Ein paar Soldaten, die später dazugekommen waren, standen bloß da und sahen stumm zu. Lucky griff sich gereizt ein Mädchen, packte es am Hals, zog es zu sich heran, trat dann einen Schritt zurück und schlug ihm mit voller Kraft mit seinem Knüppel in den Leib. Das Mädchen schrie auf, stürzte zu Boden und krümmte sich vor Schmerzen. Es schluchzte unaufhörlich, während der Schnee es bedeckte. Das war gleichsam ein Zeichen für Michail. Er stürzte zu Lucky, zog ihn weg und begann, nach den anderen zu rufen.

»Beruhige dich, Mensch. Beruhige dich, Dummkopf. Kommt her«, rief Michail den anderen Soldaten zu.

»Ach lass mich, Scheiße, so eine Schlampe«, stürzte Lucky auf Michail los und versetzte ihm einen Schlag, der ihn umwarf. »Scheiße, Mann. Man hat meinen Kameraden umgebracht. Diese Schlampen hier. Allen werd' ich's denen geben! Und du misch dich nicht ein, sonst bist du auch einer von denen!« schrie Lucky, während er Michail weiter attackierte.

Unterdessen stürzten die anderen Soldaten hinzu und rissen Lucky zurück. Er blieb abseits stehen, während die beiden Soldaten Michail auf die Beine halfen. Lucky atmete schwer und hatte einen unbestimmten Blick. Seine Uniform war zerrissen und die Hände blutig. Er drehte sich einmal im Kreis, bekreuzigte sich und nickte dann. Danach zog er eine Pistole aus seinem Gürtel und tötete mit vier schnellen Schüssen den Alten, der da lag, eine Frau mittleren Alters und das Mädchen, das er eben angegriffen hatte.

»Das hier ist Krieg, da geht es nicht fair zu!« rief Lucky, warf die Pistole weg und suchte laufend das Weite.

Die Soldaten standen lange Zeit ungläubig da. Bald darauf trafen ihre Vorgesetzten und die Militärpolizei ein. Als sie erfuhren, was passiert war, machten sie sich auf die Suche nach Lucky, und den anwesenden Soldaten wurde befohlen, die Leichen aus dem Dorf hinaus zu bringen und sie in einer großen Grube zu begraben. Das war ein dringender Befehl, und alle Anwesenden machten sich sofort an die Arbeit. Unter ihnen war auch Michail. Obwohl er verletzt war, machte er sich widerspruchslos an die Arbeit. Sein Gesicht war leicht geschwollen, und er spürte einen dumpfen, doch starken Schmerz in der Rippe. Die gefrorene Erde ließ sich nur schwer ausheben. Die Spaten drangen schwer in den kalten Boden und ließen sich noch schwerer wieder herausziehen. Es schneite nicht mehr, und am Himmel erschien ein glänzender Vollmond, dem es hin und wieder gelang, den Acker zu erhellen, auf dem sie das Loch gruben. Das Graben ging recht mühsam vonstatten. Es vergingen mehrere Stunden, bis die Gruppe von Soldaten es geschafft hatte, eine Grube von zwei Metern Tiefe und vier Metern Breite auszuheben. Mit letzter Kraft warfen sie die Leichen in die Grube. Nachdem sie alle Leichen hineingeworfen hatten, begannen sie, die Grube zuzuschaufeln. Den ersten Spaten voll warf Michail. Eine Handvoll Erde fiel auf das junge weibliche, blutige Gesicht. Das war das Gesicht jenes Mädchens, das mit seiner Mutter jeden Tag an dem Kontrollpunkt vorbeigekommen war. Die Erde klebte an dem vergossenen Blut, und die Augen leuchteten noch immer sonderbar. Für einen Moment ließ Michail den Spaten sinken und betrachtete den leblosen Körper des Mädchens. Er versuchte zu erraten, wie alt sie sein mochte. Die Jahre variierten bei jedem erneuten Hinsehen. Zuerst dachte er, sie sei einundzwanzig, dann wieder meinte er, dass sie etwas älter sein müsse und fünfundzwanzig sei, und schließlich kam er bis zu achtundzwanzig. Dann fragte er sich nach ihrem Leben. Was sie damit vorgehabt hatte. Hatte sie Träume gehabt? Vielleicht wäre sie Wissenschaftlerin geworden, vielleicht Schauspielerin, vielleicht eine einfache Hausfrau. Er vermochte es nicht zu erraten. Es gelang ihm nicht, Antworten auf seine Fragen zu finden. Er gelangte nur erschüttert zu dem Schluss, dass ihr Leben hier an sein Ende gekommen war. Auf einem unbekannten Acker im Vollmond. Er warf seinen Spaten hin und setzte sich auf die Erde. Der Schmerz in der Rippe wurde immer stärker. Die anderen Soldaten der Gruppe fuhren fort, die Grube zuzuschaufeln, doch Michail saß bloß da und schwieg. Heute hatte er mitansehen müssen, wie vier Menschenleben ohne irgendeine Vorwarnung und ohne den geringsten Anlass ausgelöscht worden waren. Heute waren vor seinen Augen vier Geschichten beendet worden. Vier Träume waren vergangen. Im Hintergrund von Michails Grübeln hörte man Salutschüsse, Feiern und Hupen von Militärlastwagen. Tarman war befreit worden. Das Heer hatte eine seiner bisher wichtigsten Schlachten gewonnen. Das konnte auch das baldige Ende des Krieges bedeuten. Alle waren irgendwie heiter und froh.

»Das ist gut. Bald sind wir wieder frei«, rief Dimitrija.

»Wir werden nie wieder frei sein«, entgegnete Michail enttäuscht.

»Wie meinst du das?« mischte sich Stojčevski ein.

»Wer kann nach dem hier je wieder frei sein?« erwiderte Michail. »Wir sind bloß Sklaven, komische Untertanen und Bauern, um die sich niemand schert. Man hat uns in eine Sklaverei gestürzt, die wir mit dem Leben bezahlen. Mit dem eigenen Blut. Und ihr glaubt, wenn der Krieg zu Ende ist, wärt ihr frei?! Ja, frei seid ihr auch jetzt. Ihr seid völlig frei darin, euch euren Herrscher auszusuchen. Ihr habt jetzt die Freiheit zu entscheiden, wer über eure Art zu leben entscheiden soll. Ihr seid frei zu entscheiden, wer euch eure Träume am billigsten abkauft. Und schließlich seid ihr völlig frei zu entscheiden, wem ihr eure eigene Freiheit abtreten wollt.«

»Ach, Mensch, kannst du mal mit diesem Schriftsteller-scheiß aufhören?« begehrte Igor auf.

»Das kann ich«, schrie Michail. »Scheiß auf das Leben, so. Scheiß auf diesen ganzen blöden Krieg. Sieh uns doch an. Wir verbuddeln Leichen und beten, dass wir nicht die nächsten sein werden. Wir trösten uns damit, dass es besser ist zu begraben, als begraben zu werden. Wir lassen uns graue Haare wachsen vor Angst um unser Leben. Und wofür? Für was, zum Teufel, wenn wir nicht wissen, was uns morgen erwartet, und nicht, was danach kommt. Wir toben uns an Schwachen aus und wir zittern vor denen, die uns hierher geworfen haben. Was soll dieses ganze beschissene Leben. Du wirst frei sein? Wir hier werden frei sein? Unser ganzes Leben lang wird uns das verfolgen. Wir werden nie mehr normal sein …«

Michails Monolog wurde von ihrem Sergeanten unterbrochen, der die zugeschaufelte Grube kontrollierte. Dann sagte er ihnen, dass es ihnen gelungen sei, Lucky zu finden, und dass man ihn ins Militärgefängnis überführen werde. Er bestätigte ihnen, dass Tarman frei sei, und befahl ihnen, innerhalb von wenigen Minuten zu packen. Da Lucky ein Kriegsverbrechen begangen hatte, mussten alle aus seiner Truppe nach Tarman versetzt werden. Um so weit wie möglich vom Ort des Verbrechens weg zu sein. Die Soldaten stürzten zu ihren Taschen und fingen hastig an zu packen. Die Busse erwarteten sie bereits startklar, um das Dorf zu verlassen. Die ganze Truppe kam noch in der Nacht nach Tarman. Niemand sprach ein Wort. Alle Soldaten streckten sich auf den warmen Sitzen im Bus aus und beschlossen, die Fahrt zu ihrem neuen Bestimmungsort über zu schlafen.

Siebter Brief

Meine liebe Eleonora,
die Menschen waren von je her einer des anderen Feind, und
das wissen auch wir beide. Aber was die Männer angeht, die
ich Dir beschreibe, muss ich Dir sagen, dass Du im Irrtum
bist. Eleonora, meine Liebe, solche Leute haben kein Gewissen
und noch weniger besitzen sie irgendetwas, das erschüttert wer-
den kann. Kleinmütige Seelen sind das. Wirklich. Jeder Ver-
such, sie zu begreifen, kann uns letztlich nichts Gutes bringen.
Unser größter Fehler besteht darin, dass es uns nie gelungen
ist, Gut und Böse zu unterscheiden. Wir haben geglaubt, alle
Leute wären so wie die, die wir kennen, und da haben wir uns
selbst belogen. Ich habe geglaubt, dass der Mensch ein Mensch
ist und kein Schurke. Wir haben uns der Welt entfremdet, und
deshalb ist es uns nicht gelungen, all das Böse zu sehen, das
uns umgab. Und jeden, der uns sagte, dass es uns irgendwann
erreichen wird, haben wir zynisch belächelt. Wir glaubten,
dass die ganze Welt nur uns gehörte und wir uns selbst genug
wären. Als ich zum ersten Mal unter diese Leute kam, war
ich erschrocken und auf der Hut. Ich habe nicht gewusst, wen
ich hier alles antreffen würde. Trotzdem kann ich heute sagen,
dass es mir gelungen ist, ein paar gute Leute zu finden. Weißt
Du, Eleonora, jeder Mensch, egal, was und wer er früher ge-
wesen ist, wird heute eine Figur. Eine ganz gewöhnliche Holz-
figur, deren Existenz von allen anderen abhängt, bloß nicht
von ihr selbst. Und es ist sonderbar, wie unterschiedliche Men-
schen in solchen Situationen unterschiedlich reagieren. Einige

verstecken sich und hoffen, dass das Schicksal an ihnen vorü-
bergeht, und andere stürmen tapfer vorwärts und glauben,
dass sie nur so bis zum Schluss normal bleiben. Und am Ende
werden wir trotzdem alle in den eigenen Alpträumen versin-
ken.

Meine Liebste. Hier an der Front geht jeden Tag die Mensch-
lichkeit verloren. Wir wandern umher ohne eine einzige Emo-
tion, die uns leiten würde. Außer der Angst. Aber nicht Angst
als Gefühl, sondern Angst als Zustand. Angst als Alltäglich-
keit. Mir scheint, dass wir keine Angst mehr haben, ob wir
überleben werden, sondern wir fürchten uns vor dem, was mit
uns sein wird, wenn wir überleben. Was wird mit uns da-
nach sein? Wird es ein Wasser geben, das ausreicht, um all diese
Blutflecken von unseren Seelen zu waschen? Wird es einen Ort
geben, der ausreicht, um all unsere Reue aufzunehmen? Wird
es eine Zeit geben, die ausreicht, um unser Gewissen zu reini-
gen? Eine Unzahl solcher Fragen überflutet mich jeden Tag.
Erinnerst Du dich noch an die häufigen Momente, in denen
ich mich bei Dir darüber beklagt habe, dass mir plötzlich die
Inspiration ausging? Als würde jemand mit einem Schalter
alles Denken in mir ausknipsen? Nun, jetzt ist das so mit den
Gefühlen. Ich fühle nichts mehr, Eleonora. Weder Liebe noch
Wut, noch Trauer, noch Hass, noch Glück. Verdammt will ich
sein, aber ich weiß nicht einmal mehr, ob Du mir fehlst. Mir
scheint, als hätte ich Dich in all diesen Briefen für immer ver-
loren. Dass wir einander vor drei Leben gehabt haben. Dass
wir uns allzu sehr verändert haben. Und ich will das nicht,
Eleonora. Glaub mir, ich will so etwas nicht denken, doch

jeder neue Brief von Dir zeigt mir nur, wie sehr ich mich selbst nicht mehr kenne. Zuweilen fühle ich mich, als müsste ich Dir schreiben. Als müsste ich gute Nachrichten für Dich finden, die es rings um mich her nirgends gibt. Und jeden Tag versuche ich, der Gleichgültigkeit zu entfliehen, doch es gelingt mir nicht. Zuweilen gewinne ich für Momente Abstand von ihr, doch dann treibt sie ihren Spott mit mir, und ich liege gefangen da und denke an alles, außer an das, was jetzt mit mir geschieht. Wie ich dieses starken Entbehrens bereits müde bin. Ich kann mir keinen Tag länger erlauben, an dem ich Dich nicht habe, und hier weiß ich mir einfach nicht mehr zu helfen.

Vor ein paar Tagen hatten wir eine unserer seltenen gepflegten Diskussionen. Wir sprachen über alles und jedes und am meisten über das Leben. In der Hitze der Debatte lieferte Igor, ein Bursche von zweiundzwanzig Jahren, die präziseste Definition von Leben. »Das Leben ist Liebe.« Und all die langen Grübeleien, all die weisen Sprüche und tiefsinnigen Gespräche über die Existenz münden in einen einzigen Satz. Ja, das Leben ist Liebe. Dieser Gedanke hat mich derart fasziniert, dass ich ihm versprochen habe, ihn bestimmt in meinem nächsten Werk unterzubringen. Und die ganze Unterhaltung brachte mich erneut auf unliebsame Augenblicke. Ich musste an Dich denken und daran, wie Du darauf bestanden hast, dass wir von hier weggehen. Und zum ersten Mal nach so langer Zeit empfand ich, dass ich mich geschlagen geben musste. Dass ich mich Deiner Entscheidung widersetzt habe, erschien mir als eine meiner schwersten Niederlagen. Nicht bloß des-

halb, weil ich Dich damit getroffen, unsere Zukunft zerstört habe, sondern auch, weil ich mir damit selbst eine Niederlage bereitet habe. Weil ich naiv gedacht habe, dass es uns gelingen würde, einen besseren Ort zu schaffen. Wie töricht. Ich habe gedacht, dass nichts und niemand mich dazu bringen würde, von hier wegzugehen. Und sieh mich jetzt an … allein unter Menschen, von denen ich bis gestern nicht einmal wusste, dass sie existieren, tue ich Dinge, von denen ich nicht gewusst habe, dass ich dazu fähig bin. Ich fühle ständig, dass alles, was ich früher getan habe, umsonst gewesen ist. Als hätte ich nichts hinter mir. Als hätte ich überhaupt nicht existiert. Als hätte ich niemals unter diesem Horizont gelebt, und in Wirklichkeit habe ich ihn auch nie verlassen. Wir haben ihn nie verlassen, Liebste. Und das weckt in mir Unruhe und Reue. Und ich bereue es, dass wir nicht weggegangen sind, ich bereue, dass ich gedacht habe, dass wir die anderen besiegen können. Und so verspreche ich Dir hiermit, dass wir weggehen werden, sobald das hier zu Ende ist. Ich glaube, dass es dann noch nicht zu spät ist und dass die Welt dann noch immer so auf uns warten wird, wie wir sie verlassen haben. Wenn bloß das hier erst vorbei ist. Alles, was wir tun müssen, ist, diese Schlacht zu überleben. Das ist unsere Lebensaufgabe. Und danach … danach ziehen wir in unsere Heimat, die irgendwo in der Welt sein wird außer unter diesem traurigen Stück Himmel. Hier ist der Boden derart verschmutzt, dass er nur Bosheit, Hass und Wahnsinn hervorbringt. Hier altert man allzu schnell, und man stirbt zu langsam. Und ich kann Dir nicht versprechen, dass wir dort irgendwo glücklicher sein werden, aber ich

114

glaube fest daran, dass wir gerettet sein werden. Wenigstens das, was von uns noch zu retten ist.

Ich hoffe, dass Du das Konzert angenehm verbracht hast. Ich glaube, dass Du alles gegeben hast, egal, wie schwer Dir an diesem Abend ums Herz gewesen sein mag. Und ich hoffe, dass Du bald ein neues Lied herausgibst. Ich habe hier versucht, ein paar Verse zusammenzuschreiben, um Dir einen Text für Deine Nummer liefern zu können. Vielleicht werde ich es später bereuen, aber am Ende dieses Briefes schreibe ich Dir das Lied. Ich hoffe, dass es dem Komponisten gelingt, eine schöne Musik dazu zu kreieren, oder am Ende ist es vielleicht auch nur die Basis für irgendeinen neuen Text. Ich küsse Dich, Liebste. Ich trage Dich auch weiterhin in meinen Gedanken, selbst wenn die Gleichgültigkeit mich zuweilen daran hindern will. Mit meinem Wunsch angenehmer Augenblicke für Dich beende ich diesen Brief und hoffe, dass es Dir auch weiterhin gut geht. Möge dies der letzte Brief sein, meine Liebste. Möge der nächste Gedanke von mir zu Dir unter Deinem wunderbaren Blick ausgesprochen werden, der bedingungslos erobert. Möge das nächste Wort vor Deinem Gesicht gesagt werden, das strahlt, wo immer es auftaucht. Lebe wohl, meine Liebste.

Ist Liebe das, was uns leitet
Oder weint in uns die Unruhe
Um unverwirklichte Träume
Um unerfüllte Wünsche
Ist Liebe das, was uns leitet
Oder schmerzt in uns die Einsamkeit

Allein sind wir unter Menschen, und kennen uns nicht
Gemeinsam sind wir einsam, und gestehen es nicht ein
Ist es die Angst, die von uns spricht
Während wir ohne einander sind
Wird die Dunkelheit groß genug sein
Um uns vor uns selbst zu verbergen
Ist Liebe das, was uns leitet
Oder schmerzt in uns die Einsamkeit
Allein sind wir unter Menschen, und kennen uns nicht
Gemeinsam sind wir einsam, und gestehen es nicht ein

In unendlicher Liebe
Michail

Achtes Kapitel

Der Saal des Nationaltheaters war so voll, wie die Zeiten es zuließen. Eleonora hatte in einer der besten Reihen einen Platz erhalten, und auf der Bühne wurde »Leere Jahre« gespielt, Michails erstes Drama, das an dem Theater aufgeführt worden war. Darauf waren noch zwei weitere gefolgt, doch sowohl Eleonora als auch Michail war an diesem besonders gelegen. Nicht deshalb, weil es das erste war, sondern weil beide eine unterschiedliche Sichtweise hatten, was den Text anging. Eleonora wünschte sich damals sehr, dass das Stück einen vierten Akt und ein anderes Ende bekäme. Michail hatte ihr darauf auf seine Weise geantwortet. Durch eine Replik in dem Stück selbst. Allein ihre Anwesenheit in dem Theatersaal stellte für Eleonora ein bisschen das Erwachen ferner Zeiten dar. Glücklicherer Tage. Obgleich sie das Stück bereits mehrmals gesehen hatte, lag ihr diese Aufführung vor kaum dreißig Gästen besonders am Herzen. Eine Tragödie ohne Vorwarnung. Ein ganz anständiges Drama für tragische Zeiten. Die Beleuchtung auf der Bühne kündigte den dritten, den letzten Akt an:

Jakov (Zum Fenster blickend): Diese Stadt hört nicht auf zu träumen.

Irena: Wer weiß, wie viele Träume schon geträumt wurden. Wer weiß, wie viele schöne Geschichten früh am Morgen abgebrochen wurden. Wer weiß, wie viele Welten vor dem Einschlafen verändert wurden. Haben wir unsere Welt verändert, Schatz?

Jakov: Ich glaube, dass das gar nicht nötig war. Unsere Welt, das sind doch die Menschen um uns. Ich hatte nicht das Bedürfnis, meine zu ändern. Aber unsere verändert sich leider, ohne uns um Erlaubnis zu fragen, wie man sieht.

Irena: Und? Soll man es dabei belassen?

Jakov (Ohne sie zu beachten): Ich habe die leeren Straßen der Stadt so geliebt. Ich hatte das Gefühl, als gehörten sie mir … Ich weiß nicht, vielleicht hat mich das Schlendern durch sie daran erinnert, dass jeder allein geboren wird und stirbt und dass alle Figuren, die kommen und wieder gehen, nur einem erträglichen Leben dienen. Die seltenen Autos, die an mir vorbeifuhren, symbolisierten die Figuren, die durch mein Leben gezogen sind, meine Straßen. Und alle dauern nur solange, wie man ihre Scheinwerfer sieht. Manche fliegen vorüber, und manche fahren viel langsamer und sind länger anwesend. Doch es gibt auch welche, die anhalten, die einem anbieten, bis zum Ende des Weges mitzufahren. Das sind die wenigsten. Sie kommen einmal oder zweimal im Leben vor. Du weißt ja nicht, wie es mich freut, dass du so eine warst.

Irena: Nein, wir können immer noch weiterfahren. Unser Weg muss hier nicht enden. Wir können sogar aussteigen und zu Fuß weitergehen. Nicht wahr? So wird unsere Zeit zumindest von längerer Dauer sein.

Jakov: Verstehst du denn nicht, Schatz, dass manche Geschichten so enden müssen? Also, ich gehe. Und nichts und niemand kann das ändern. In zwei Stunden muss ich mich im Militärzentrum melden, und von da aus komme ich irgendwohin. Nach Süden, nach Norden, irgendwohin, zum Teufel. Und wie soll ich dir versprechen, dass ich wiederkomme? Wie?

Irena: Und was ist mit mir? Was ist mit uns? Weißt du eigentlich, dass es für mich noch viel schwerer sein wird mit dieser ganzen Ungewissheit? Meine Gedanken werden den ganzen Tag um dich kreisen. Und ich werde darauf warten, dass du zurückkommst. Ich werde darauf warten, dass du mir Liebe schenkst. (Unter Tränen) Und gibt es denn etwas Tragischeres, als wenn einem niemand Liebe schenkt?

Jakov: Doch, Schatz. Noch tragischer ist es, wenn man niemanden hat, dem man Liebe schenken kann.

Irena: Ach, wem sollte ich denn Liebe schenken, wenn nicht dir? Und du wirst weit weg sein, vielleicht verwundet, vielleicht tot. Und ich kann doch keine Erinnerungen lieben. Leere Tage vergeuden. Ach, was, wenn es Jahre werden? Ich will keine leeren Jahre zwischen uns. Mir reichen die leeren Jahre, bevor ich dir begegnet bin.

Jakov: Ich weiß nicht, irgendjemand wird dir bestimmt Liebe schenken. Sieh zu, wie du sie erwiderst, wenn ich nicht da bin.

Irena: Dummkopf. Vielleicht kann man Gutes mit Gutem vergelten. Aber nicht Liebe mit Liebe. (Pause) Und jetzt? Was denkst du über das alles hier? Nun sag schon! Du hast jetzt lange genug auf diese dumme Straße da unten gestarrt! Also, wie kannst du nichts sagen?!

Jakov (Tritt zu ihr): Ich weiß nicht, meine Gedanken führen mich dahin, dass nichts Gutes dabei herauskommen wird.

Irena: Dummheiten! Deine Gedanken führen dich dahin, wohin du willst, dass sie dich führen. Aber wenn du spürst, dass du von meinem Blick eine Gänsehaut bekommst, wenn du diesen Glanz in den Augen behältst … wenn das Beben anhält, dann weißt du, dass du auf dem richtigen Weg bist. Dann weißt du, dass dies bloß ein Hindernis ist, das wir gemeinsam überwinden werden. Dann weißt du, dass alles gut wird, wenn du willst, dass es so ist. Und vielleicht … wird irgendetwas passieren. Etwas Unerwartetes.

Jakov: Nein, Irena! Es wird kein Wunder geben. Nicht auf diesem Weg. Ich gehe schließlich in den Krieg, Mensch! Was ich am wenigsten brauchen kann, das ist, an das zu denken, was ich vor dem Abschied zurückgelassen habe. Was ich am wenigsten brauchen kann, ist es, dieses traurige Gesicht vor mir zu sehen. Ein Gesicht, das ich tagelang, monatelang, ja vielleicht jahrelang sehen werde. Und was, wenn ich zurückkomme? Ich werde dann ja nicht mehr derselbe Jakov sein wie früher. Der Krieg verändert die Menschen, Irena. Er verändert sie zum Schlechteren. Und am liebsten wäre es mir jetzt, du könntest das Datum meines Todes aussuchen. Sieh zu, dass es wenigstens im Frühling ist. Du weißt, dass ich den Frühling am wenigstens gemocht habe. Glaub mir, dann wird es mir viel leichter fallen. Viel leichter, als wenn ich die Last mit mir herumtrage, dass ich deinetwegen überleben muss. Leb' wohl, Irena.

Irena (Wütend): Leb' wohl, Jakov. Leb' wohl, du Feigling. ICH werde auf dich warten. Und ich werde warten. Und ich werde noch weiter warten. Vielleicht werde ich deine

Rückkehr nie erleben. Und dann weiß ich, dass all das hier begraben sein wird unter Tausenden Gewissensbissen, unter Tonnen von Schießpulver und einem Berg nicht durchschlafener Nächte. Ich werde auf dich warten. Und ich werde deine Rückkehr erleben. Und wir werden eine neue Welt schaffen. Du und ich. Und wir werden sie ganz durchwandern. Und wir werden sie so färben, wie wir es wollen. Und das wird uns reichen. Leb' wohl, Jakov. Ich werde an dich denken. Und du, wie du willst. Stirb, wenn dir danach ist zu sterben, überlebe, wenn dir danach ist zu überleben, und wenn du willst, dann denke nie an mich. Leb' wohl, Jakov (Umarmt ihn). Ich hoffe, dass du als ein mutigerer Mann zurückkommst, als du jetzt bist. Als der Mann, den ich einmal gekannt habe.

VORHANG

Der bescheidene Applaus entlockte den Schauspielern ein aufrichtiges Lächeln. Eleonora applaudierte der Bühne mit einem gut Teil Trauer. Das meiste von ihrem Applaus galt Michail und seinem Werk. Für Momente fühlte sie wirklich, dass er bei ihr war. Doch im nächsten Moment verzerrte sie ungeschickt krampfhaft die Lippen, um sie daran zu hindern aufzuschreien. Sie konnte die Übereinstimmung des Dramas, das sie da sah, mit dem, das sie selbst erlebte, nicht ertragen. Das all jene Frauen im Publikum erlebten. Und ins Theater war sie gekommen, um ein fremdes Drama zu sehen und ihr eigenes zu vergessen. Wie auch all die anderen Zuschauer. Doch dieses Drama, das sie da sah, war allzu sehr ihr eigenes, so dass sie für Momente auf die Bühne springen und es unterbrechen wollte, oder wenigstens aufschreien. Sie blieb noch ein paar Minuten vor der Bühne sitzen, und dann warf sie einen Blick auf den Brief, den sie abschicken musste; sie zerknüllte ihn fest in der Hand und verließ das Theater mit gesenktem Kopf. Sich selbst belügend, dass die Post bereits geschlossen sei, ging sie nach Hause, in der Absicht, einen neuen zu schreiben. Einen tiefgründigeren, ehrlicheren. Gerade heute brauchte sie solche Gedanken. Sie ging durch die kleine Gasse auf ihr Zuhause zu und hatte ständig die letzte Szene vor Augen, wobei sie sich fragte, ob es besser wäre, wenn Michail noch einen Akt mit einem ganz anderen und wenigstens ein bisschen glücklicheren Ende geschrieben hätte.

Achter Brief

Meine liebe Eleonora,
letzte Woche habe ich keinen Brief von Dir bekommen. Ich
nehme an, dass das daher kommt, dass wir in der Zwischen-
zeit nach Tarman verlegt wurden und die Feldpost in Ufuk
liegengeblieben ist. Ich will nicht glauben, dass Du mir ab-
sichtlich nicht geschrieben hast. Und im Übrigen wünsche ich
mir so stark, dass bloß dies der Grund für das Ausbleiben eines
Briefes von Dir ist. Liebe Eli, ich weiß schon nicht mehr, ob
wir uns schreiben sollten. So viele Dinge haben sich seit mei-
nen letzten Zeilen ereignet, dass ich bis auf den heutigen Tag
eine innere Schwere mit mir herumschleppe, eine Art Übelkeit,
die mir den Magen verdirbt. Als wollte die ganze Seele aus
mir davonfliegen. Mich verlassen, mich fliehen, ihren jetzigen
Eigentümer. So viel Unglück, meine Liebste. So viel Tod ist
um mich her. Das alles hat mich verändert. Mich zum we-
sentlich Schlechteren verändert. Ich erkenne mich selbst nicht
mehr. Ich weiß nicht, wer ich bin, aber ich bin nicht mehr
der, der ich früher war. Ich bin leer, Liebste. Leer sind meine
Blicke, leer sind meine Schritte, leer sind meine Berührungen.
Nur noch ein paar Gedanken eilen mir von Zeit zu Zeit durch
den Kopf, und ich kann sie auf keine Weise einholen. Mir lau-
fen die eigenen Gedanken davon. Als wollten sie so schnell wie
möglich von mir fortkommen. Und es ist auch gut so. In mir
ist nichts Gutes mehr geblieben. Ich bin unter der Last des ei-
genen Schicksals zerbrochen. Es tut mir leid, das zu schreiben,
doch es ist einfach so.

Liebe Eli, ich kann mich noch entsinnen, bevor wir zusammengekommen sind, da waren meine Seufzer nach Dir derart stark, dass sie die Wolken auseinandertreiben konnten. Ich erinnere mich, bevor wir eins wurden, war der Gedanke an Dich der Hauptschuldige, wenn ich grundlos lächeln musste. Ich entsinne mich noch immer der Ungewissheit in jeder Minute, die ich sinnlos verbrachte, wenn Du Dich verspätetest. Und heute … heute habe ich nicht mehr die Macht, die Wolken auseinanderzutreiben. Schwer sind diese Pulverschwaden. Erfüllt von Hass, Trauer und Tod. Und kein Seufzer, keine Verwünschung kann sie in Bewegung setzen. Der Gedanke an Dich bringt heute bloß Trauer und Sehnsucht hervor, und die Ungewissheit hat sich in langes, qualvolles Warten verwandelt, das nicht enden will. Mir fehlt die Ruhe mit Dir. Sie fehlt mir in einem solchen Maße, dass ich mich beinahe gar nicht mehr an sie erinnern kann. Ist hier das Ende, Liebste? Es muss so sein, wenn ich mich selber frage. Ich bin nichts mehr für Dich. Nein, eine solche Strafe darf ich Dir nicht zumuten. Dies muss unser Ende sein. Und zuweilen reicht am Ende auch eine ungeschehene Berührung, ein verpasster Blick, ein vergessenes Lächeln, ein verspäteter Kuss. Dann gerät die ganze Welt tektonisch in Bewegung. Die ganze Magie verblasst und lässt nur kleine, kaum wahrnehmbare Spuren hinter sich zurück. Und das ist nicht traurig. Das Ende tut nicht weh. Was weh tut, ist die Ruhe, die danach zurückbleibt. Und irgendwie habe ich mich mit unserem Ende abgefunden. Ich glaube, dass ich die letzten Spuren unserer Liebe nutze, um Dir zu schreiben. Es ist schwer, aber ich hoffe, dass ich das nicht noch einmal er-

leben muss. Ich hoffe, dass ich Dir nicht mehr schreiben werde. Und Du mir auch nicht. Egal, wie das alles endet, ich wage es nicht mehr, in Deiner Nähe zu sein. Eleonora, ich bin ein zu schlechter Mensch geworden. Ich weiß nicht, ob Du es begreifst, aber ich bin Deiner nicht mehr wert. Was ich am allerwenigsten will, ist, Dich in meine Alpträume mit hineinzuziehen. Sollen sie für mich bleiben, und du mach da weiter, wohin Dich die Welt ruft. Es tut mir furchtbar leid, dass ich so furchtbar schwach bin. Dass ich es zugelassen habe, dass dieser Krieg mich verändert hat. Dass er mich auf die andere Seite der Menschheit geführt hat. Dass ich ihm erlaubt habe, mir zu beweisen, dass auch ich zu brechen bin.

Ich träume Dich von Zeit zu Zeit. Leider oder zum Glück kann ich mich nur selten an die Träume erinnern. Alles ist irgendwie unscharf und überstürzt. Alles geschieht in einer Mikrosekunde, in der ich vorwärtsstürze, um Dich zu berühren, und dann ist alles vorbei. Ich entsinne mich, zuweilen stand die ganze Welt still zwischen unser beider Lächeln. Das ganze All hielt inne zwischen unseren Blicken. Ich entsinne mich an den Tag, als mir klar wurde, dass Du meine Muse sein würdest. Dass ich Dir schreiben würde, solange ich am Leben bin. Und so ist es gekommen. Du bist für mich die vollkommene Inspiration im Leben geworden. Und ich war wirklich glücklich darüber. Aber heute nicht mehr, Liebste. Glücklich sind jene, denen es gelungen ist, aus ihrer Muse ihre Geliebte, Ehefrau und Mutter ihrer Kinder zu machen. Und zugleich sind sie doppelt verwünscht, weil sie nichts gewonnen, aber die reinste Form von Magie verloren haben, die sie je erfahren haben.

Siehst du, genau so fühle ich mich heute. Als hätte ich die reinste Magie verloren, die jemals existiert hat. Und jetzt tut es mir leid um all jene Sätze, die einzig in Deiner Gegenwart gewechselt wurden. Es tut mir leid, weil aus ihnen schöne Geschichten hätten hervorgehen können. Doch ich wollte es so, dass sie nur einen einzigen Leser haben sollten. Ich glaubte, dass diese Sätze nur für Dich maßgeschneidert waren und für niemanden sonst. Und in Wirklichkeit habe ich Dir auch nie etwas anderes von Wert geschenkt als Worte. Und es tut mir nicht leid deswegen. Sie waren alle aufrichtig und nur für Dich bestimmt. Du hast mich einfach mit dem Wunsch erfüllt zu schreiben. Zahllos sind die Momente, in denen ich unnatürlich glücklich war, dass Du mein warst. Nach außen hin war ich ganz bescheiden, aber innerlich … innerlich flog ich bis zum Mond, und manchmal auch noch weiter. Und das alles war für mich normal. Wenn ein Mann eine solche Schönheit neben sich hat, ist das Mindeste, was er tun kann, bescheiden zu sein. Ja, da gibt es unbeschreiblichen Stolz, da gibt es niemandem Verständliches, aber eines ist beständig. Einzigartig ist eine Ruhe, die stärker ist als alles. Eine Ruhe, in der man weiß, dass die Augen einem gegenüber nur einen selbst ansehen. Dass jemandes Herz nur für einen selbst schlägt. Und diese Ruhe ist unschätzbar. Eine Ruhe, in der ich weiß, dass wir füreinander existieren. Eine Ruhe, in der ich weiß, dass die ganze Ewigkeit einen Augenblick innehält, in dem wir selbstlos einander gehören. Und nichts und niemand wird den Moment auslöschen, in dem ich Dich gehabt habe … und den Himmel, unter dem ich Dich geliebt habe.

*Doch jetzt sind andere Zeiten, Liebste. Jetzt sind wir ohne ein-
ander, allein gelassen angesichts einer schlechten Welt, die uns
mit all ihren Übeln zusetzt. Und es wird uns schwerlich jemals
gelingen, ihr zu entfliehen. Es ist jetzt nicht mehr wie früher.
Jetzt weiß ich nicht mehr, ob ich Dich mit diesem Herzen voller Gift noch lieben kann. Ob ich Dich mit diesen Lippen voller Abscheulichkeiten noch küssen kann. Ob ich Dich mit
diesen Händen voller Blut noch umarmen kann. Nein,
Liebste. Ich darf das nicht tun. Ich will auch nicht ein Quent-
chen von diesem Bösen, das ich mit mir herumschleppe, auf
Dich übertragen. Ich will nicht, dass Du mich so siehst, und
Du darfst mich nicht so sehen. Nein, Eli. Ich darf das nicht
zulassen. Und ich hoffe, dass ich das nicht erleben muss. Und
deshalb bitte ich Dich. Ich beschwöre Dich! Geh weg! Geh weg,
irgendwohin weit fort, geh wohin auch immer weg von hier.
Pack noch heute Deine Sachen, nimm alles mit, was Du
brauchst, und geh. Geh und komm nie wieder zurück. Wenn
es noch immer Gutes in dir gibt, lasse es in der Stadt zurück
und geh fort. Glaub mir, in ihr wird es nichts mehr geben,
wofür es sich zu leben lohnt. Und du hast sehr viel mehr verdient. Du hast die ganze Welt verdient. Und das wird ganz gut
zu Dir passen, wenn ich mich frage. Meine Liebste, wir dürfen nichts mehr teilen. Nicht den Himmel, unter dem wir
leben, nicht den Boden, auf den wir treten, und nicht die
Worte, die wir wechseln. Glaub mir, dass es so am besten sein
wird.
Und vergiss all jene Zeilen nicht, all jene Briefe, weil ich damals ganz Dein gewesen bin. Egal, was in ihnen geschrieben*

steht, egal, was sie in Dir hervorrufen, sie sind das Beste, was ich Dir geben konnte. Behalte mich nach diesen Briefen in Erinnerung, Liebste, denn sie sind der letzte Beweis dafür, dass ich einmal ein Mensch gewesen bin. Ein Mensch, ein Mann, der Dich auf Millionen Arten geliebt und Dich behütet hat. Behalte diese Zeilen in Erinnerung, Liebste. Behalte sie in Erinnerung, weil sie das letzte Menschliche an mir sind. Danach werde ich aufhören zu existieren. Egal, ob ich diesen Krieg überlebe oder nicht, ich werde nicht mehr lebendig sein. Ich werde in unsere Stadt zurückkehren, und vielleicht werde ich in irgendeine andere ziehen. Dort, so hoffe ich, werde ich ein neuer Mensch sein, ein Fremder, von dem niemand weiß, eine Erscheinung, für die niemand eine Erklärung hat. Diese Zeilen könnten noch unendlich lange dauern, aber trotzdem muss ich sie abbrechen, genauso, wie unsere Liebe aufhören muss.

Leb wohl, Liebste, ich hoffe, dass die Geschichte, die wir gemeinsam geschrieben haben, des Lesens wert ist. Ich hoffe, dass schönere Zeiten kommen, für mich wie für Dich, aber keinesfalls für uns. Mach Du da weiter, wo Du aufgehört hast, die Welt zu erobern, und ich will weitermachen mit dem Auslöschen meiner Vergangenheit.

Bitte schreib mir nicht mehr, ich kann das nicht mehr ertragen.

Neuntes Kapitel

Es ist ungewöhnlich traurig zu sehen, wie in Kriegszeiten
Feste gefeiert werden. Zwischen all den Leiden tauchen
Momente erzwungener Freude auf, gestohlenen Glücks
und grundloser Hoffnung. Und vielleicht sind die Feste in
Kriegszeiten die einzige Gelegenheit für die Menschen, an
ihre eigene Vergangenheit zu denken, statt sich nach einer
ungewissen Zukunft zu sehnen. Dieses Weihnachten war
unwahrscheinlich kalt. Trockene Kälte bedeckte den Boden
und das ganze Land. Als hätte es nichts gegeben außer
Kälte und starkem Wind, der den ganzen Tag über die ohnedies kalte Luft umherwirbelte. Michails Truppe verbrachte dieses Weihnachten in einer ordentlichen
Wirtschaft im Zentrum von Tarman. In einer der Neben-
straßen gelegen, wirkte diese Wirtschaft, die vor dem Krieg
einer der beliebtesten Orte in der Stadt gewesen war, wie
ein Angelpunkt für verlorene Seelen. Tarman war befreit,
oder, wie es in der Kriegsterminologie hieß, Tarman war
eine religiös gesäuberte Stadt. Und noch vor einem Jahr
erst war sie das überhaupt nicht gewesen. Die im Südwes-
ten gelegene Stadt war einer der angenehmsten Orte zum
Leben gewesen. Sie besaß eine schöne Architektur und eine
sinnvolle Bauplanung. Als regionales Zentrum hatte Tarman Hunderttausende Menschen aufgenommen, die aus
verschiedenen Gegenden und aus unterschiedlichen Mo-
tiven herausgekommen waren. Dort lebten Menschen, die
die Fremden großmütig aufnahmen. Eine Stadt, in der

man sich unmöglich verlaufen konnte, denn jeder Einheimische hätte einen sofort auf den rechten Weg geführt. Eine Stadt, in der man nicht unglücklich sein konnte, denn die Tarmaner waren Menschen, die zu Freundschaft neigten. Doch im letzten Jahr hatte Tarman begonnen zu sterben. Es war zerstört und verwüstet worden. Tausende fremde Stiefel hatten es tagtäglich niedergetreten, und in jede seiner Straßen war gespuckt worden, auf jeden seiner Pflastersteine. Die Heiterkeit, die der Stadt Farbe verliehen hatte, war unter den anstürmenden Angreifern verschwunden. Die Stimmen und Melodien, die einst aus den Kirchen, Moscheen und Synagogen kamen, waren durch das schreckliche Brüllen der Haubitzen und die Geräusche der Maschinengewehre ersetzt worden. Die Beleuchtung, die das ganze Tal erreicht hatte, war ein einsames, kaum wahrnehmbares Licht geworden, das sich weigerte zu verlöschen. Die ganze übriggebliebene Jugend dieser Stadt war jetzt in dem Wirtshaus versammelt, in dem Michail war. An dem einzigen lebendigen Ort in der Stadt, der gleichsam das letzte Zimmer am Ende der Welt war.

Man hätte schwerlich sagen können, dass die Atmosphäre in dem Wirtshaus festlich war, doch trotzdem herrschte eine gewisse Feierlichkeit in dem ganzen Objekt. Nicht deshalb, weil Weihnachten war, sondern weil die letzten Tage über gute Nachrichten eingetroffen waren und man davon ausging, dass das Ende des Krieges unmittelbar bevorstand. Eben deshalb war auch Michails Truppe besonders froh gestimmt. Um einen der Dutzend Tische versammelt, entsann sich Michails Truppe endlich wieder einmal, wenigstens für einen Moment, der guten und friedlichen Tage. Die Tafel war nicht reich gedeckt. Und obgleich der Inhaber des Wirtshauses alles aufgetischt hatte, was er besaß, waren die Tische im Lokal ärmlich und schlicht mit Speisen bestückt, ungenügend selbst für eine durchschnittliche Familie, aber dafür floss der Alkohol beständig. Rot- und Weißwein, hausgemacht vom Wirt, der auch selbst an den Kämpfen in seiner Stadt teilgenommen hatte. Mangels einer guten »Grundlage« waren einige Soldaten bereits recht betrunken und überschrien sich gegenseitig. Michails Truppe hatte an einem langen Tisch in einer der Ecken des Wirtshauses Platz gefunden, gleich neben dem großen und schönen Kamin. Hier waren all seine Kameraden außer Lucky, der wegen des Mordes an Zivilpersonen im Militärgefängnis saß. Michails Tisch war einer der stillsten in dem Wirtshaus. Größtenteils sprach niemand, und der einzige Ton von dort war das Klingen des Kristalls nach den kurzen Trinksprüchen. Um der Wahrheit die Ehre zu geben, die Atmosphäre glich eher einem Wartesaal als einem Wirtshaus. Michail schwieg ständig und trank von dem Wein, und oft griff er an sein Revers, um sich zu vergewissern, dass sich Eleonoras letzter Brief noch dort befand. Stojčevski drehte nervös an seinem Weinglas und nahm hin und wieder einen kräftigen Schluck. Dimitrija und Igor waren die Lautesten und warfen sich ständig irgendetwas zu, während Rade die ganze Zeit über in den Kamin blickte. Von den anderen Tischen hörte man Stim-

131

men und auch leises Singen, das die Stimme aus dem Radio übertönte. Plötzlich begann ein Teil der Soldaten von den Plätzen aufzustehen und sich in einen der Nebenräume zu begeben. Man hatte die Nachricht gehört, dass die zivilen Telefonleitungen wieder funktionierten, und die Soldaten beeilten sich, ihre Angehörigen anzurufen. Nach einiger Zeit standen auch welche von Michails Truppe auf. Einer nach dem anderen gingen sie zu dem Telefon und kehrten ziemlich erregt zurück. Alle stellten sich an. Alle in der Wirtschaft hatten seit längerer Zeit wieder einmal die Möglichkeit, mit ihren Angehörigen zu sprechen. Es war wirklich ein interessantes Bild. Als benutzten die Soldaten zum ersten Mal ein Telefon. Rasch kam die Reihe auch an Michail. Nach mehrminütigem Schwanken erhob er sich vom Tisch und begab sich zu dem Telefon. Er blieb vor dem Apparat stehen und sah ihn mehrere Sekunden lang an. Dann blickte er sich um, um zu überprüfen, ob jemand darauf wartete, an die Reihe zu kommen. Als er sah, dass keiner da war, hob er den Hörer und starrte auf das Telefon. Er überlegte, ob er sich überhaupt melden sollte, und wenn er es tat, bei wem. Er wollte nicht bei Eleonora anrufen. Nach seinem Brief an sie hatte er Angst, mit ihr zu reden. Er wusste einfach nicht, was er ihr sagen sollte. Zum ersten Mal im Leben fürchtete er sich davor, sich bei seiner eigenen Frau zu melden. Nicht deshalb, weil er leicht angetrunken war, er sprach und klang selbst bei den seltenen Gelegenheiten sehr vernünftig, wenn er bei weitem betrunkener war als an diesem Abend, sondern weil er nicht wusste, wie er auf ihre Stimme reagieren würde. Er gab sich einen Ruck, um die Ziffern zu wählen, doch im selben Moment stockte er. Ihm fiel ein, dass er Eleonoras letzten Brief nicht einmal geöffnet hatte. Er lächelte säuerlich, als er daran dachte, was alles darin stehen mochte, und ließ den Hörer sinken. Dann hob er den Hörer erneut, und das Telefonsignal klang ihm wunderschön in den Ohren. Im nächsten Moment hörte er Schritte hinter sich und beeilte sich, die Ziffern zu wählen. Er wollte die Nummer seiner Eltern anrufen, doch als er die Uhr über dem Telefon erblickte, überlegte er es sich anders. Es war bereits spät, und er wollte den Frieden seines einstigen Heims nicht stören. Er nahm an, dass seine Eltern bereits im ersten Schlaf lagen, und jedes Telefonklingeln um diese Zeit barg stets schlechte Nachrichten. Er wollte sie vor einem Trauma bewahren und drehte die letzte Ziffer nicht. Er hielt sich bloß den Hörer ans Ohr und lauschte auf das undefinierbare Rauschen der beschädigten Telefonleitung und das betrunkene Atmen des Soldaten hinter sich. Nach ein paar Minuten legte er den Hörer auf und ging an seinen Tisch zurück.

»Es hat sich keiner gemeldet«, sagte er zu dem Soldaten hinter sich, der nur bedauernd die Achseln zuckte und zu dem Telefonapparat eilte.

Als er an den Tisch zurückkam, war die Atmosphäre in dem Wirtshaus sehr viel gelöster. Alle Soldaten, wahrscheinlich ermutigt von den Gesprächen mit ihren Angehörigen, waren recht fröhlich und redselig. Es wurden

Scherze gemacht, Begebenheiten aus dem Krieg erzählt, ein paar halb vergessene Lieder gesungen. An Michails Tisch wurde eine recht interessante Debatte darüber geführt, was jeder im ersten Moment tun würde, wenn er wieder nach Hause kam. Fast alle verkündeten pauschal das Ende des Krieges und benahmen sich, als wäre dies ihr letzter Abend an der Front. Der Alkohol flößte ihnen eine gewisse Dosis Optimismus ein, und es kam Festtagsstimmung auf. Man stieß an und sang wie aus einem Mund, und ein paar der Soldaten hatten bereits das Ende des Trinkgelages erreicht, so dass ein Teil von ihnen das Wirtshaus verließ oder hinausgetragen wurde. Etwas später wurde Michails Tisch leiser als die anderen. An ihm begann man bereits ernsthafte Gespräche über den Krieg und seine Folgen zu führen. Die Unterhaltung dauerte recht lange und beinhaltete lange Monologe und ausdauernde Argumentationen. Doch das ganze Gespräch brach ab, als aus dem leisen Radio die Stimme des Redakteurs ertönte, der Eleonoras neues Lied ansagte.

Wenn niemand da ist
Verhülle mich vor allen Blicken
Und enthülle mich nur dir
Versinke in meinen Worten
Und schwimme in meinen Träumen
Wenn niemand da ist
Bewahre mich in dir
Unter der Haut wie weiße Seide

In den Augen voller Güte
In Gedanken, rein wie Kristall
Wenn niemand da ist
Dann suche mich
Unter einem nicht umgestürzten Stein
In einem Wasser, unbetreten
In einer kleinen Welt, noch nie geträumt
Wenn niemand da ist
Hinterlasse mir einen Brief voll Hingabe
Hinterlasse mir einen Wunsch, noch ungeboren
Für irgendwelche anderen Zeiten
Für irgendwelche anderen Wege

Nachdem alle begeistert das Lied verfolgt hatten, nahm man die Gespräche da wieder auf, wo sie unterbrochen worden waren.

»Du hast es gut, Schriftsteller. Du kommst zu einer schönen Frau nach Hause. Einer Frau voller Leben«, wandte sich Igor an Michail.

»Wenn es nur so leicht für mich wäre«, entgegnete Michail und schenkte sich Wein ein.

»Komm schon, nicht jammern. Das Schlimmste haben wir überstanden. Das ganze Leben liegt noch vor uns«, mischte sich Dimitrija ein.

»Und was ist hinter uns?« fragte Michail. »Was ist hinter uns, Dimitrija? Was liegt hinter uns außer Blut, Tod und unsinnig vergeudeten Jahren? Sieh uns doch an. Wir glauben naiv und hoffen, dass wir von morgen, von übermorgen an dieselben Menschen sein werden, die wir waren, bevor wir hierhergekommen sind. Wir belügen uns selbst, dass all das hier nur ein Trugbild ist, das zusammen mit der Nacht vergeht. Sieh dich doch um. Waren nicht die gleichen Leute in einem ähnlichen Krieg vor zehn Jahren? Haben die irgendetwas daraus gelernt, Dimitrija?«

»Na, wenn sie etwas daraus gelernt hätten, dann würden wir jetzt keine Uniform anziehen und uns in Schützengräben werfen. Aber trotzdem, wir sind hier. Wir haben es geschafft.«

»Weit gefehlt, Freund. Aber trotzdem, wir sind hier. Und hier werden wir auch stehenbleiben. Gebrochen, ausgelaugt und müde vom Leben, das wir fast gar nicht gelebt haben. Wir bleiben hier stehen, und jeden Tag werden wir immer weniger menschlich. Mit jedem neuen Tag unter diesem Himmel werden wir allem mehr entfremdet. Es scheint, dass wir jede Möglichkeit verpasst haben, Menschen zu werden. Nach dem hier wird es keinen Weg mehr geben, auf dem wir es schaffen könnten, unser Leben weiterzuleben.«

»So ist es nicht. Was zählt, ist, dass wir gesiegt haben«, versicherte Dimitrija.

»Ach Dimitrija, du Narr«, antwortete Michail mit betrunkener Stimme. »Alle haben gesiegt, außer uns. Alle außer diesen Unglücklichen hier. Gesiegt haben diejenigen, die von dem hier geträumt haben. Diejenigen, die auch nach all dem Blutvergießen da bleiben, wo sie auch vorher schon waren. In ihren prächtigen Tempeln, in ihren großartigen

Büros, von wo aus sie das Schicksal dieses verleiteten Volkes geschmiedet haben. Sie werden wieder denselben Platz einnehmen, von dem aus sie unsere Schicksale gelenkt haben. Denselben Platz, von dem aus sie uns davon überzeugt haben, dass wir uns ihren krankhaften Wünschen zu unterwerfen haben. Von dem aus sie uns davon überzeugt haben, dass wir ihre Stellung in der Geschichte gewährleisten müssen. Sie haben uns davon überzeugt zu glauben, dass das Blut des einen wertvoller ist als das der anderen. Dass das Leben des einen billiger ist als das des anderen. Sie haben uns davon überzeugt zu glauben, dass wir einzig dazu fähig sind, ihre Untertanen zu sein und auf den Tag zu warten, an dem sie sich über unser Schicksal erbarmen. Sie haben uns gezeigt, und wir haben das akzeptiert, dass wir alle gleich sind. Die sehen in diesem allen nur ihren eigenen Platz in der Geschichte. Wir sehen nur Leiden. Unsere und fremde. Und wenn das hier zu Ende ist, dann bekommen sie Auszeichnungen, Titel und den einen oder anderen Stern an ihren Epauletten. Wir bekommen Alpträume, Narben und tausend blutige Spuren auf unserem Gewissen. Ihre Freude wird schnell vorbei sein. Unser Elend wird uns bis zu unserer letzten Stunde verfolgen, bis zum letzten Atemzug … Und so wird es solange sein, bis …«

»Du bist betrunken, Michail«, unterbrach ihn Stojčevski.

»Na, das ist keine Sünde«, gab Michail zurück. »Eine Sünde ist es, dieses Volk in die Wüste und in die Hölle zu führen und sich anschließend als sein Retter zu präsentieren.«

Michail hatte den Satz noch nicht zu Ende gesprochen, als zwei junge Soldaten von hinten an ihn herantraten. Sie packten ihn unter den Achseln und zogen ihn vom Tisch weg. Sie erklärten ihm, dass sie ihn auf Anweisung des Obersten verhafteten und ihn in die nächste Garnison bringen würden. Aus dem rechten Augenwinkel erspähte Michail die Abzeichen der Militärpolizei an den Ärmeln der Soldaten und erblickte für den Bruchteil einer Sekunde den Oberst, der vom Nachbartisch aufstand und auf den Ausgang des Wirtshauses zuschritt.

Wenige Minuten später befand sich Michail in einem kleinen, kalten Raum im Gebäudekomplex einer ehemaligen Fabrik. Der Raum war höchstens zehn Quadratmeter groß. Der Fußboden war mit altem, abgenutztem Linoleum ausgelegt, während in einer Ecke über dem kleinen Fenster große, schwarze Spinnen ihre Netze woben. In dem Raum gab es nur einen kleinen Tisch und zwei übereinander gestülpte Stühle. Das Licht war gedämpft und die Luft sehr kalt. Wahrscheinlich war dies früher das Büro der mittlerweile geschlossenen Fabrik gewesen. Michail fing an, sich Geschichten über all das auszumalen, was sich in der Fabrik in jenen Zeiten ereignet hatte, als sie noch in Betrieb gewesen war. Das Quietschen der Tür und der Eintritt des Obersten unterbrachen Michails gedankliche Reise und lösten bei ihm eine gewisse Ehrfurcht vor dem Obersten aus.

»Wer hätte gedacht, dass wir uns in einer solchen Lage wiederfinden. Dein Verhalten war uns immer ein Dorn im

Auge, aber ich hätte nicht gedacht, dass solche Maßnahmen nötig sein würden. Ich dachte, wenn du dich erst zurechtgefunden hättest, dann würde dir schon klar werden, dass diese Redefreiheit, mit der ihr euch überall äußert, hier nicht unbedingt gilt. Aber was soll ich machen? Ich habe euch Künstler nicht für meine Einheit angefordert, aber es ist eben, wie es ist. Ich verstehe euch. Ihr seid hier gegen euren Willen, aber ich muss euch ertragen und euch genauso behandeln wie die anderen auch, obwohl ihr anders seid. Ihr meint, dass ihr über allen anderen steht, dass ihr mehr wert seid als gewöhnliche Leute, dass eure Arbeit mehr zählt als die des Bäckers, des Automechanikers, des Tischlers, des Landwirts. Siehst du, das hier wird bald vorbei sein, und nach all diesen Wundern wird man abwägen, wer wie viel zum Sieg beigetragen hat. Dich und solche wie dich wird man ewig dafür verfolgen, dass ihr Angst und Panik verbreitet habt, damit wir verlieren. Für mich zählt nur, dass ich euch am Leben lasse, danach sollen die anderen sich überlegen, was sie mit euch machen.«

»Sie sagen, dass wir Angst gesät haben, damit wir verlieren ... aber haben wir denn etwa gesiegt, Herr Oberst? Sieht das hier vielleicht nach Sieg aus? Diese ganzen verbrannten Dörfer, die zerstörten Städte, die verlorenen Leben, das vernichtete Land ... sieht Ihnen das etwa nach Sieg aus?«

»Hör auf zu deklamieren, du bist hier nicht im Theater«, donnerte der Oberst streng. »Es ist klar, dass wir gesiegt haben. Es gab zwei Seiten: die Gegner haben verloren, und wir haben gesiegt. So ist das im Krieg.«

»Ich begreife … wir haben gesiegt. Wie sollen wir das denen erklären, die ihren Sohn verloren haben, ihren Bruder, die Ehefrau, den Mann, die Tochter, die Cousine, den Freund … wie sollen wir das Tarman erklären, wenn es bis zur Unkenntlichkeit zerstört ist?! Wenn das Ihr persönlicher Krieg mit der Heerführung von der anderen Seite war, dann ja, dann haben Sie gesiegt. Aber weder ich noch die Tausende von Entwurzelten, die Tausende von Verwundeten in diesem Land haben gesiegt, auf keinen Fall.«

»Ich sehe, dass du dich schwerlich ändern wirst. Dein Benehmen ist unverbesserlich und besorgniserregend. Ich habe keine andere Wahl, als dich zu bestrafen und natürlich einen Bericht an den Generalstab zu schreiben. Es heißt, dass ihr alle, die ihr Probleme macht, mit Konsequenzen zu rechnen haben werdet. Es wird ein neues Gesetz geben, nach dem Verräter, Deserteure und Kollaborateure bestraft werden sollen; es wird schwere Strafen geben.«

»Ihr habt mein Leben, meine Stadt und meinen Staat zerstört, ich sehe nicht, was es für eine schwerere Strafe geben sollte.«

»Doch doch, die gibt es, für den Anfang wirst du ins Militärgefängnis überführt, bis zu unserer Rückkehr in die Hauptstadt. Das ist nicht mehr lange hin, wir reden von einer Woche. Danach werden andere entscheiden.«

Der Oberst verließ den Raum, und nach ihm traten zwei Angehörige der Militärpolizei ein. Sie hießen Michail von dem unbequemen Stuhl aufstehen und brachten ihn in den ersten Stock, in einen großen Raum, der in ein Militärgefängnis umfunktioniert worden war. Er war in zwei Teile unterteilt. Im ersten und größeren Teil waren die Kriegsgefangenen untergebracht, während in dem kleineren Teil auf einer hölzernen Bank zwei Soldaten saßen. Der Eine war ein Soldat der Eliteeinheiten, der sich mit seinem Vorgesetzten überworfen hatte. Der Zweite war Lucky. Die beiden reagierten neugierig auf Michails Eintreten. Nachdem sie sich begrüßt und einander die Hand geschüttelt hatten, setzte sich Michail auf eines der vier Betten, während Lucky und der Soldat auf der Bank sitzen blieben. Die Gespräche dauerten stundenlang. Lucky entschuldigte sich aufrichtig bei Michail, und dann setzten sie die unterbrochene Unterhaltung fort, die zeitweise unverständlich wurde, weil alle drei gleichzeitig redeten. Nachdem man ihnen ihr Abendessen gebracht hatte, legten sich die drei Soldaten in ihre Betten und überließen sich unruhig der hereinbrechenden Nacht.

Zehntes Kapitel

Der warme Januartag überraschte Tarman angenehm. Die Sonnenstrahlen lockten die Menschen hinaus aus ihren Häusern, und die Straßen waren irgendwie glänzender als gewöhnlich. Doch außer der Sonne kehrte auch der Friede nach Tarman zurück. Es war bereits der dritte Tag nach der Unterzeichnung des Friedensabkommens und dem Ende des Krieges. Es war der Tag, an dem die Militärverpflichtung aller Reservisten und Freiwilligen endete. Ströme von Militärkonvois machten sich aus allen Richtungen zur Hauptstadt auf. Vor dem Gebäude der alten Fabrik, dem jetzigen Gefängnis, warteten Lucky und Michail unter strenger militärischer Bewachung auf ihren Abtransport nach Hause. Nur ein paar Stunden Fahrt bis zum Rekrutenzentrum, nur eine Ablieferung der Ausrüstung, und das war's. Nur so viel trennte sie vom Krieg und vom Heer. Beiden sah man ihre starke Erregung an. Die Ungewissheit, was mit ihnen nach ihrer Rückkehr in die Hauptstadt werden würde, bedrückte sie. Ob sie wirklich dafür bestraft werden würden, was sie getan hatten, oder war das bloß ein übler Trick des Obersten? Als Insassen des Kriegsgefängnisses hatten Lucky und Michail nicht das Recht, mit ihrer Truppe zurückzukehren, sondern sie mussten in einem gesonderten Fahrzeug fahren. Plötzlich hielt vor ihnen ein kleiner Konvoi aus mehreren Kombis. Michail und Lucky begaben sich zu dem Konvoi und stiegen gleichzeitig in den zweiten parkenden Kombi ein. Als sich herausstellte, dass nicht genug Platz war für sie beide, wurde Michail befohlen, in den dritten Kombi zu steigen. Beim Einsteigen erwartete ihn sofort eine angenehme Überraschung. Gleich zu seiner Linken befand sich Stojčevski. Sie begrüßten und umarmten sich mit beiderseitiger Freude.

»Wer hätte das gedacht, Professor, dass wir uns hier treffen würden?«

»Ich wundere mich auch …«

»Reiner Zufall, ich hatte keine Lust, auf die Busse zu warten; so komme ich schneller an. Zum Glück haben die Vorgesetzten es erlaubt. Ein bisschen hat man schon was von seiner Popularität.«

Die Fahrt verlief für alle Soldaten in dem Kombi angenehm. Alle waren von einer gewissen Unbeschwertheit. Auf ihren Gesichtern sah man Freude und Ungeduld, so schnell wie möglich ihr Zuhause zu erreichen. Der Kombi fuhr leicht dahin, da er gute Nachrichten brachte. Draußen strahlte alles, und drinnen ging es laut und entspannt zu.

»Endlich ist es soweit. Wir kommen nach Hause. Bisher hab' ich's für mich behalten, aber jetzt leiste ich es mir, es preiszugeben. Weißt du, was ich als Erstes mache, wenn ich wieder zu Hause bin? Ich nehme mir einen Basketball und werfe ihn einmal in den Korb auf dem Parkplatz in unserem Viertel. Und was machst du?«

»Ich weiß noch nicht … Ich hab' noch nicht darüber nachgedacht«, entgegnete Michail unlustig.

»Dir wird schon etwas einfallen, das weiß ich. Erinnerst

du dich noch an den Traum, von dem ich erzählt habe?«

»Den mit dem Dreierwurf?« fragte Michail desinteressiert.

»Ja, den. Mit dem Dreierwurf, von dem ich nie wusste, ob ich ihn geschafft hatte.«

»Aha, und was ist am Ende dabei herausgekommen?«

»Gestern hatte ich wieder diesen Traum. Ich habe wieder von derselben Stelle aus geworfen. Aber diesmal ist er reingegangen. Wir haben gewonnen. Das heißt, das hatte etwas zu bedeuten«, erzählte Stojčevski begeistert.

»Wirklich schön, vielleicht ist es ja ein gutes Vorzeichen.«

»Ja, ja, es muss ein gutes Omen sein.«

Auf dieses Gespräch folgte Stille. Alle überließen sich ruhig der Fahrt und sahen schweigend aus dem Fenster. Man erreichte den Stadtrand von Ufuk. Man sah die ersten zerstörten Häuser, die ersten brachliegenden Äcker, die ersten geflüchteten Haustiere. Die Fahrt durch Ufuk schien eine Ewigkeit zu dauern. Jedes eingestürzte Haus rief alte und unangenehme Erinnerungen wach. Jeder brachliegende Acker sah für Michail so aus wie der, auf dem er die Zivilpersonen begraben hatte. Ihm schien, als wäre auf jedem Acker mindestens eine Leiche vergraben. Ihm schien, als sähe er in jedem Hof einen getöteten Soldaten. Er fragte sich, ob Lucky wohl die gleichen Bilder sah. Ob auch er dieselben Gedanken hatte. Er dachte an sich selbst. Er dachte an Eleonora, an jenen Brief, den er noch nicht geöffnet hatte, an jene Telefonnummer, die er nie gewählt hatte. Er dachte an ihren Blick, wenn sie sich sehen würden. An seinen Kloß im Hals, wenn er ihr würde sagen müssen, dass sie weggehen solle. Doch im nächsten Moment hörte man einen schrecklichen Lärm, und dann war nur noch Schwarz und Pfeifen in den Ohren. Ein starkes und ununterbrochenes Pfeifen in den Ohren und ein Blick zu den grauen Wolken. Michail lag auf dem Rücken, reglos und blutüberströmt. Sofort kamen die Soldaten aus den anderen Kombis angelaufen. Vier von ihnen zogen Maschinengewehre heraus und sicherten die beiden Seiten des Weges, während die Übrigen den Verletzten halfen. Lucky und noch ein Soldat stürzten zu Michail. Sie fühlten seinen Puls. Er war schwach, aber noch vorhanden.

»Stirb mir bloß nicht jetzt. Nein, nein, Schriftsteller, komm, halt durch. Hörst du? Du darfst jetzt nicht sterben! Du darfst nicht!« brüllte Lucky in Panik.

Doch Michail hörte ihn nicht, während er reglos dalag und unaufhörlich in den Himmel blickte. Lucky und der Soldat hoben ihn behutsam auf und trugen ihn in einen der übrigen Kombis. Michails Kombi war auf eine Landmine gefahren. Bei Stojčevski konnte man nur noch den Tod feststellen. Michail und noch ein Soldat waren schwer verletzt, und es gab auch noch zwei leichter Verletzte. Das heiße Blech des ehemaligen Kombis erwärmte die kalte Luft auf dem Weg von Ufuk nach Wolfshügel, dort neben einem brachliegenden Acker, zwei Kilometer von Ufuk entfernt. Die Soldaten baten in Panik über Funk um Hilfe. Ein paar Vögel flogen unter dem grauen Himmel dahin. Ihre nervösen Flügelbewegungen brachten einen schwachen, kaum merklichen Schnee mit. Bei Michail war immer noch Puls spürbar. Doch er blutete stark am Kopf. Er hatte noch immer jenen versteinerten Blick von kurz zuvor. Kurz zuvor auf die grauen Wolken gerichtet, jetzt zu dem grauen Dach des Kombis.

* * *

Eleonora saß in der Mitte des Krankenhaus-Wartesaals. Ihr Körper war völlig erschöpft, ihre Hände hatte sie vors Gesicht geschlagen, so dass man nur einen Teil ihrer Augen sah. Sie atmete unregelmäßig, ihr Herz klopfte beschleunigt. Bereits seit sieben Stunden saß sie in dem Wartesaal. So lange wartete sie darauf, dass jemand herauskäme und ihr sagte, was mit Michail war. Auf jede ihrer Fragen bekam sie stets die gleiche Antwort – die Operation sei noch nicht vorbei. Die sieben Stunden erschienen ihr wie sieben Jahre. So lange dauerten sie, und fast genauso schwer lasteten sie auf ihr. Die ganze Zeit über war sie da. Sie stand auf, setzte sich wieder, trank ein wenig Wasser und aß nichts. Dazwischen begrüßte und verabschiedete sie Michails Eltern, wobei sie das Schlimmste fürchtete. Sie blickte oft zum Fenster hin, oft musste sie daran denken, wie sie ihre Eltern verloren hatte, oft zupfte sie an ihrem Haar, ohne es zu merken. Oftmals ging sie in eine der Toiletten und tat nichts. Sie stand nur da und schaute in den makellos glänzenden Spiegel. Und von jedem neuen Hinschauen wurde sie noch müder. Mit jedem neuen Blick wurde sie immer älter und älter, mit jedem neuen Seufzer sah sie erschöpfter aus, mit jedem neuen Nagen an der Unterlippe wurde sie immer trauriger und trauriger. Ihre Gedanken führten sie zu jedem Pfad, den sie gegangen war, zu jedem Gefühl, das sie erfahren hatte. Sie wusste nicht mehr weiter. Sie war hilflos, und das brachte sie um. Die Ungewissheit brachte sie um und jedes Zittern bei jedem Aufgehen der Tür des Operationssaals. Mal war ihr, als müsse sie ersticken, und dann wieder, als bekäme sie zu viel Luft. Zuweilen bebte sie am ganzen Körper, und dann wieder war sie völlig erstarrt. Und in dem Moment, als den Wartesaal eine Krankenschwester betrat, war Eleonora gänzlich erstarrt und achtete fast gar nicht auf die Schritte, die auf sie zukamen. Sie fuhr erst zusammen, als sie eine Berührung an der Schulter spürte.

»Frau Eleonora«, flüsterte die Schwester.

»Ja? Sagen Sie bitte, sagen Sie es mir«, bat Eleonora mit gebrochener Stimme.

»Bitte stehen Sie auf, gleich kommt der Chefchirurg, der wird Ihnen alles sagen, was …«

»Frau Eleonora«, mischte sich der Chirurg ein, bevor die Schwester noch ausgeredet hatte. »Ihr Mann Michail ist am Leben. Aber trotzdem …« fuhr der Arzt fort, in der Absicht, Eleonoras Euphorie zu dämpfen. »Trotzdem wird Ihr Mann unter schweren dauerhaften Folgen zu leiden haben.«

»Was für welchen?« rief Eleonora ungeduldig.

»Die Schrapnellkugeln sind tief eingedrungen. Es wurden lebenswichtige Zentren des Gehirns beschädigt. Wissen Sie, ihr Mann wird keinerlei motorische Funktionen mehr ausüben können. Er wird hören und sehen können, aber er wird nicht sprechen können und große Schwierigkeiten haben zu essen. Bitte … wir haben unser Bestes gegeben. Wir haben getan, was wir konnten.«

»Wann …«, fragte Eleonora weinend, »wann kann ich ihn sehen? Wann … können wir … nach Hause? Wann?«

»Sie können ihn sehen, sobald er ein bisschen kräftiger ist. Ohnehin ist sein ganzer Kopf voller Verbände. Bitte, das ist kein schöner Anblick.«

»Und nach Hause? Wann kann ich ihn nach Hause bringen?« schrie Eleonora.

»Ich glaube, dass Sie mich vielleicht nicht verstehen … wissen Sie, sein Zustand erfordert ganzzeitliche Pflege von …«

»Sie verstehen nicht. Ich gehe nicht hier weg ohne ihn.«

»Bitte, Frau Eleonora, ruhen Sie sich etwas aus. Versuchen Sie, sich zu beruhigen, und dieser Tage sprechen wir dann darüber. Die Schwester wird ihnen die Sachen geben, die Ihrem Mann gehören. Nehmen Sie sie mit, hier kommt es vor, dass ziemlich viele Sachen verschwinden«, riet ihr der Chirurg und ging fort.

Eleonora warf sich auf ihren Stuhl. Es interessierte sie nicht mehr, wie heftig sie weinte, auch nicht, wieviele Tränen sie vergoss oder ob sie jemand sah. Sie empfand einen starken Druck in der Brust. Etwas erschütterte ihre Seele so stark wie noch niemals zuvor. Sie erstickte beinahe an den Tränen, die ihr ununterbrochen übers Gesicht liefen. Vor lauter Weinen hörte sie nicht einmal, dass man von einem der Schalter her nach ihr rief. Erst nach der dritten Aufrufung ihres Namens fuhr sie zusammen und erhob sich. Dann ging sie langsam auf den Schalter zu. Die Angestellte am Schalter reichte ihr ein Dokument und einen Ranzen. Dann sagte sie ihr, dass das alles sei, was Michail bei seiner Ankunft bei sich gehabt habe. Danach erklärte sie noch einmal, dass sie ihren Mann schon am nächsten Tag sehen könne und dass man hoffe, dass Michail in Kürze nach Hause entlassen werden könne. Nachdem sie einige Papiere unterschrieben hatte, setzte sich Eleonora wieder auf denselben Stuhl, auf dem sie den ganzen Tag verbracht hatte. Still und willenlos öffnete sie den Ranzen. Darin lagen zwei Konserven, ein paar Stifte und ein Notizbuch. Auf dem Boden des Ranzens entdeckte sie einen Brief. Sie nahm ihn, rieb sich die Augen und streichelte den Brief. Im vorderen Teil stand zwischen ein paar Blutflecken eine gut bekannte Handschrift. Das war ihre ungeschickte Handschrift und der Name und Familienname des Empfängers, der Name und Familienname ihres Mannes. Noch tiefer im Ranzen, fast in den Kanten vergraben, fanden sich noch mehrere ungeöffnete Briefe. Auf allen stand derselbe Name und Familienname … dieselbe Handschrift. Sie schüttelte lange ungläubig den Kopf. Sie konnte sich nicht damit abfinden, dass ihre Briefe nie auch nur geöffnet worden waren, geschweige denn gelesen. Sie öffnete den Ranzen erneut und legte nacheinander alle Briefe und alle Sachen wieder zurück. Bevor sie den Ranzen schloss, zog

sie aus ihrem eigenen Mantel ein Dutzend anderer unge-
öffneter Briefe, auf denen ihr Name und Familienname in
Michails Handschrift stand, und legte sie nacheinander in
den Ranzen. Am Ende schloss sie den Ranzen, warf ihn auf
den Boden und begann, mühsam und nervös den blutigen
Brief zu öffnen, den sie als Erstes gesehen hatte, ihren letzten Brief.

Neunter Brief

Eli nennst Du mich nur, wenn Du Dich über mich lustig machen willst.

Mein Liebster, ich weiß nicht, was der Grund für Deine letzten Zeilen ist, aber ich weiß definitiv, dass das nicht Du bist. Nein, das ist unmöglich. Solche Worte habe ich von Dir noch nicht gelesen. Beruhige dich, mein Liebster. Ich bin sicher, dass Du den letzten Brief in Wut und Zorn geschrieben hast. Ich konnte meinen Lippen nicht trauen, als ich all Deine Worte ausgesprochen habe. Ich weiß nicht, was Dir dort passiert ist, aber Du musst ruhig bleiben. Du darfst Dich nicht selbst verlieren. Du darfst uns nicht verlieren, Liebster. Wir haben so viel durchgemacht, und das hier werden wir auch überstehen. Bitte, sei stark für mich. Bitte schicke mir im nächsten Brief bessere Nachrichten. Bleibe, Liebster. Bleib in der Gegenwart und denke stets daran, dass ich hier bin für Dich. Keiner hat es leicht in diesem Strudel, in dem wir versinken, aber wir werden stärker daraus hervorgehen. Ich weiß, dass es so sein wird. Ich weiß, dass all die schlaflosen Nächte, all die Tage voll Erschöpfung, all die vergossenen Tränen und all das Bangen nicht umsonst sein werden. Wir werden es schaffen, Michail. Wir werden es schaffen, und ich will nichts hören von einem anderen Ausgang unserer Zukunft. Wir werden wieder beieinander sein. Stärker und vereint gegen jeden, wer es auch sei. Und tue so etwas nicht. Ich beschwöre Dich, wende Dich nicht mehr mit diesen Worten aus dem letzten Brief an mich. Ich verstehe Dich. Ich fühle jede Deiner Ängste, als wäre es meine eigene. Deine Schmerzen leide auch ich. Deine Wunden verheilen auch an meinem Körper. Du hast mich. Vielleicht genügt das nicht, aber es ist auch nicht so wenig.

Vergiss Deine Beschwörungen, ich solle Dich vergessen und weggehen. Nein, Michail, ich gehe nirgendwohin. Und ich bleibe in dieser unserer kleinen und schiefen Wohnung und warte auf Dich. In welcher Verfassung Du auch zurückkommst, ich werde die diejenige sein, die Dich als Erste bei Deiner Rückkehr erwartet. Ich werde diejenige sein, die Dich in die Normalität zurückbringt. Diejenige, die Dich immer verabschiedet, die immer an Dich denkt und Dich immer bei Deiner Rückkehr erwartet. Auf welcher Seite der Welt wir auch leben werden, ich werde immer bei Dir sein. Und daran wird sich keinesfalls etwas ändern. Ich werde bei Dir sein, auch wenn Du grau und bucklig bist und ich ohne dicke Brillengläser nicht mehr sehen kann. Tausende Male haben wir uns versprochen, dass wir hier beieinanderbleiben werden, egal, was geschieht. Und so wird es auch sein. Und keinesfalls anders. Unter anderen Umständen würde ich Dich nach diesen Zeilen anschreien, Dich auf die ordinärste Weise beschimpfen, würde Dir alle Türen vor der Nase zuschlagen und auf jeden Deiner Versuche schweigen, mich zum Reden zu bringen. Doch jetzt ist es anders. Ich weiß, wie sehr Du leidest, und ich weiß, was Du durchmachst, und deshalb verzeihe ich Dir alles. Weil ich weiß, dass diese ganzen Worte nicht Deine sind. Sie sind kein Teil Deiner Gedanken. Ich weiß, dass Du

nicht aufrichtig bist. Ich weiß, dass Du nicht einfach aufhö-
ren kannst, mich zu lieben. Das ist schließlich kein abgetra-
genes Hemd, das man nach dem ersten abgefallenen Knopf
wegwirft. Ich weiß, lieber Michail, ich weiß. Ich weiß, dass
Du etwas Schlimmes getan hast, und ich weiß, dass Du ver-
suchst, Dich auf eine dumme Art zu rechtfertigen. Aber sei
unbesorgt. Ich bin sicher, dass das, was Du getan hast, nicht
im entferntesten schlimmer war als all das, was uns in den
letzten Monaten passiert ist. Und was immer Du auch getan
hast, Du musst Dir vor Augen halten, dass Du ein reines Ge-
wissen hast, und dich bemühen, so schnell wie möglich all das
Unglück zu vergessen, das Dich dort ereilt hat, wo Du hinge-
gangen bist. Es ist einfach so, Du kannst nicht schlechter sein
als die Welt, in der wir leben.
Wenn Du die obigen Zeilen liest, dann wirst Du merken, dass
meine Handschrift an bestimmten Stellen ziemlich schlecht
ist. Zeitweise hat meine Hand derart gezittert, dass es mir so
vorkam, als hinterließe ich statt Buchstaben nur Tintenkleckse.
Ich bemühe mich, an mich zu halten, um nicht in Tränen
auszubrechen, und mache mir immer wieder klar, dass wir
wirklich dieses Gespräch führen. Zeitweise denke ich, dass ich
noch hysterisch werde. Zeitweise kommt mir Dein Satz ko-
misch vor, dass unsere Liebe ein Ende haben muss, so wie der
Brief ein Ende hat. Als wäre die Liebe eine Erzählung, die
folglich mit dem letzten Satz des Schriftstellers aufhört. Als
wäre die Liebe ein Lied, das zu Ende ist, wenn die Musik auf-
hört. Und dann ... dann muss ich weinen, wenn ich lese, dass
Dein Herz voller Gift ist.

Von alledem einmal abgesehen muss ich Dir sagen, dass ich bei dem Wohltätigkeitskonzert aufgetreten bin. Mir scheint, als hätte ich noch nie schlechter gesungen. Mir scheint, als hätte ich noch nie zuvor so viel falsche Hoffnung an einem Ort gesehen. Es ist wirklich traurig, wenn man versucht, sich zu vergnügen, wenn rings umher alles untergeht und zerfällt. Die Gesichter der Leute im Publikum waren die künstlichsten Gesichter, die ich je gesehen habe. Sie strahlten äußerlich, während sie innerlich verfallen wirkten. Man sah ihnen die Unruhe an, die in ihnen herrschte. Doch nun ist auch das vorbei. Vorbei ist eines der größten Trauerkonzerte meiner Karriere, als hätte es nie stattgefunden. Jetzt bin ich ruhiger. Jetzt bin ich von einer überflüssigen Last befreit. Jetzt kann ich mich sorglos dem Erwarten Deiner Rückkehr hingeben. Ich habe so ein Gefühl, dass das bald sein wird. In einer Woche ist Neujahr. Nun, nach Weihnachten kommst Du auch, glaube ich. Du wirst kommen, und ich werde ungeduldig darauf warten, dass Du die Tür öffnest. Dann werden wir uns umarmen wie zwei Welten und werden stundenlang in den Schnee hinaussehen. Wir werden jede Schneeflocke zählen, die zur Erde fällt. Wir werden uns an jedem Blick füreinander freuen und bei jeder Berührung erschauern. So, dass Du es nur weißt. Du gehst nirgendwohin ohne mich. Und schon gar nicht in die Hölle. Selbst da werde ich bei Dir sein.

Gib auf dich acht, Liebster. Bleib gesund. Sei stark und lies diesen Brief immer wieder, wenn Dir schwer ums Herz ist. Komm wieder zu Dir und schreib mir etwas. Wie schwer Dir auch ums Herz ist, denk daran, dass ich hier bin und dass Du mit mir alles überstehen kannst. Zusammen werden wir alles Böse überwinden, das uns ereilt. Und was auch geschieht, vergiss eines nicht. Ich werde auf Dich warten. Egal, in welcher Verfassung Du zurückkommst. Du wirst für mich derselbe bleiben, als der Du mich verlassen hast.

Leb wohl, Liebster.
Ich glaube an Dich und an Deine Liebe.

Zeitlos Deine
Eleonora

Epilog

Eleonora stand stolz aufgerichtet vor dem Eingang des Krankenhauses. Ihre Gestalt strahlte eine besondere Gelassenheit aus, eine gewisse Entschlossenheit, gemischt mit Trotz. Es war, als stünde sie jemandem zum Trotz so aufrecht und stolz da. Ihre schweren Atemzüge ließen die kalte, starre Luft dampfen, und mit jedem neuen ausgestoßenen Atem schien sie sagen zu wollen, dass sie nicht gebrochen war, dass für sie der Kampf nicht nur noch nicht zu Ende war, sondern dass er gerade erst begonnen hatte. Für Momente blickte sie um sich, als suchte sie Zeugen dafür, dass sie heute so war, wie sie auftrat: stolz, mutig und selbstbewusst, wie sie es schon lange nicht mehr gewesen war. Aber es schien, als ob die Menschen, die an ihr vorüberkamen, sie überhaupt nicht bemerkten. Unter einem blauen Schal verborgen, war ihr Gesicht auch kaum zu sehen; hinter einer bescheidenen Sonnenbrille verborgen, blitzten ihre Augen kaum und wirkten traurig und müde. Doch hinter dem Schal existierte ein Gesicht, das strahlte, hinter der Brille leuchteten Augen voller Leben, unter dem schweren Mantel schlug ein Herz voller Liebe. Den ersten Schritt tat sie mühsam. Sie brauchte viel mehr Kraft, als sie angenommen hatte. Beim zweiten ging es bereits etwas leichter. Beim dritten hatte sie sich schon daran gewöhnt. Der Rollstuhl, den sie schob, bewegte sich nur schwer über die Granitplatten, doch es schien, als sei Michail bequem darin untergebracht. Sein Kopf bewegte sich unkontrolliert. Bei jeder Bewegung des Rollstuhls machte sein Kopf unkontrollierte und sonderbare Bewegungen. Er sah erschöpft aus, doch seine Augen leuchteten mit einem unerklärlichen Glanz. Und wie beweglich auch sein Kopf war, seine Augen waren auf einen Punkt fixiert. Sein Blick ruhte starr auf einem unbestimmten Raum und regte sich nie. Es schien, dass er überhaupt nicht mit der Wimper zuckte, oder wenn er es tat, dann geschah das im tausendstel Teil einer Sekunde. Die ganze Reise Eleonoras und Michails über den Hof des Krankenhauses vollzog sich in einer Stille, die nur von Zeit zu Zeit von Eleonoras schweren und unverhofften Seufzern durchbrochen wurde. Sie bewegten sich langsam und synchron voran, als schwämmen sie über den alten, geborstenen Beton, der mit grauen, massiven Granitplatten bedeckt war. Plötzlich, vor dem Ausgang des Krankenhaushofes, fuhr Eleonora zusammen und blieb stehen. Sie fing an, ihren Mantel zu betasten, die Hose, in ihrer Handtasche zu wühlen. Nach ein paar Sekunden zog sie aus ihrer rechten Manteltasche ein paar ungeschickt zusammengefaltete Papiere. Sie öffnete sie eines nach dem anderen und las, was darauf geschrieben stand. Alle drei Blätter waren identisch. Auf allen stand der Name des Krankenhauses, die Diagnose sowie Name und Familienname ihres Mannes. Irgendwo unten stand EINWILLIGUNG ZUR STERBEHILFE, und unter dieser Zeile waren leere Linien für die Unterschrift. Eleonora blickte lange auf die nicht unterschriebenen Blätter. Sie sah sie mit solcher Verachtung an, wie sie nichts und niemanden bisher angeschaut hatte. Dann zerknüllte sie die Blätter, sah sich um und warf sie ihn den Mülleimer, der vor dem Tor am Ausgang des Krankenhauses stand. Sie lächelte weich und begann, Michails Rollstuhl zu schieben. Sie schob kraftvoll, entschlossen und stolz. Als wollte sie zeigen, dass sie nicht einen Rollstuhl schob, dass sie nicht einen Menschen schob; als wollte sie zeigen, dass sie ihr eigenes Leben schob, zurück zu ihrem Heim, zu ihrem Traum.

Wie man das System besiegt oder
Glaube kontra Religion
von
Dzvezdan Georgievski

Der Roman »Pulverschwaden« von Branislav Gjorgjevski ist – ein mutiger Roman! Und innovativ für die mazedonische Literatur. In jeder Hinsicht. Vor allem in Bezug auf den Inhalt, und das heißt auf das Thema, das er bearbeitet, die Botschaften, die er vermittelt, und die Emotionen, die er hervorruft … Doch es ist eine kühne Lektüre auch ihrer Form nach, vor allem durch die Art, auf die die Grundidee des Romans präsentiert wird.

Und eben die Idee des Romans ist das, was »Pulverschwaden« aus der Plejade ausgezeichneter Prosawerke hervorhebt, die in Mazedonien in den letzten Jahren erschienen sind. Ganz allgemein gesagt, es geht um den Einfluss der gesellschaftlichen, sagen wir ruhig der historischen Umstände auf das Leben des Einzelnen. Die Figuren des Romans, einige mit Illusionen, andere ohne solche, sind im Wesentlichen machtlos im Strudel der gesellschaftlichen und politischen Geschehnisse. Sie sind zombifizierte Objekte, die von einer unsichtbaren Hand des Großen Systems gelenkt werden. Unabhängig davon, ob sie an die sogenannten »höheren« Ideen glauben oder nicht, unabhängig vom Typ ihrer Religion, Nation u.Ä. sind sie im Wesentlichen alle Opfer, machtlos, in welcher Weise auch immer auf ihre eigenen Schicksale und Leben Einfluss zu nehmen. Und dieses unselige Schicksal nimmt niemanden aus, auf keiner einzigen Basis – am wenigsten auf nationaler und religiöser. Doch das System macht bei seinen Opfern auch keinen Unterschied nach ihrer Begabung, Bildung, ihrem kulturellen Milieu, ihrem Beruf … Alle werden wir gleichermaßen zermahlen vom Mühlstein des Ministeriums der Großen Wahrheit.

Es geht also um eine Dystopie im Hier und Jetzt. Im Wesentlichen handelt es sich um eines der möglichen Schicksale Mazedoniens, um einen fiktiven, doch völlig realen christlich-moslemischen Krieg, der als Ergebnis angeheizter Spannungen und Spaltungen unter der Bevölkerung ausbricht und der alle erfasst. Auch jene, die nicht an die Ziele und Ergebnisse dieses Krieges glauben. Und das trifft auf die Hauptfigur in »Pulverschwaden« zu, den Dramenautor Michail, der gegen seinen Willen in den Strudel des Krieges mithineingezogen wird. Michail ist nämlich kein Anhänger einer Religion und hält religiöse Werte im Sinne von Menschenopfern, Verwüstungen und Aussiedlungen nicht für relevant. Dieser Antagonismus tritt auf unterschiedlichen Ebenen auf, in der Relation Theismus/Atheismus, bzw. Glauben daran, dass Er existiert, und Glauben daran, dass Er nicht existiert; des weiteren über die globale gesellschaftliche Autorität gegenüber individuellen Auffassungen bzw. eine allgemeine Wahrheit als einzig annehmbare gegenüber der Freiheit des Denkens; natürlich ist da auch das Verhältnis Patriot/Verräter, Held/Feigling usf. Dies ganze komplexe Problem wird im Wesentlichen durch

161

die nuancierte psychologische Porträtierung der Figuren gelöst, die Gjorgjevski miniaturskizzenhaft gelingt, was auf jeden Fall zu den bemerkenswertesten Qualitäten dieses Romans zählt.

Eben diese Gegensätzlichkeiten faszinieren den Leser inhaltlich und halten seine Aufmerksamkeit bis zum letzten Schlusspunkt des Romans wach. Die Auflösung dieses Typs von Antagonismen führt nie zu einem glücklichen Ende. Auch »Pulverschwaden« stellt in dieser Hinsicht keine Ausnahme dar. Doch trotzdem gibt es ein »trotzdem«. Dem Autor gelingt es nämlich äußerst geschickt, den Glauben der Religion gegenüberzustellen. Und zwar den Glauben an das Leben und an die Liebe. Selbst da, wo es scheint, dass alle Schiffe gesunken sind und es keine Hoffnung mehr gibt, vermögen der Glaube an das Leben und die Kraft der Liebe die Situation nicht nur erträglicher zu machen, sondern auch einen anständigen Raum zum Existieren zu schaffen.

System kontra Mensch ist kein neues literarisches Thema. Im Gegenteil. Die Literaturgeschichte blickt auf eine Reihe von Dystopien zurück, die diesen Begriff bis zur Perfektion behandelt haben. Natürlich werden wir hier keine Vergleiche des Werkes von Gjorgjevski mit den Meisterwerken von Kafka, Orwell, Samjatin oder Bradbury anstellen … Es seien nur einige Momente angeführt, durch die sich dieser Roman von allem unterscheidet, was bisher geschrieben wurde.

Zunächst ist dies die Wiedererkennbarkeit der Situation. Obwohl also dieser Krieg gar nicht existiert, kann ihn der

Leser leicht wiedererkennen, weil er im Wesentlichen nicht nur in seinen Ängsten existiert, sondern in der gesamten gesellschaftlichen Atmosphäre. Er existiert nicht nur als Mahnung, sondern als reale Möglichkeit für den Fortbestand des degenerierten Übergangssystems, unter dem wir schon allzu lange leben.

All dies vermittelt Gjorgjevski dem Leser unter anderem mit Hilfe des stärksten literarischen Werkzeugs – in Briefform. Denn nahezu die Hälfte des Romans besteht aus Briefen, genauer gesagt, dem Briefwechsel zwischen Michail und seiner Liebe Eleonora. Diese Methode nutzt der Autor erfolgreich zur Bekanntmachung mit seinen Figuren und unserer (des Lesers) Identifizierung mit ihnen. Der postmodernistische Ansatz (Verwendung von Lyrik und Drama) erfolgt mit beneidenswertem Gefühl für das Maß, gerade so weit, dass die eventuelle Monotonie des beschriebenen Alltäglichen durchbrochen wird.

Mit anderen Worten, auch die Form des Romans bzw. die Art seiner Heranführung an den Leser ist absolut innovativ in der gegenwärtigen mazedonischen Literatur. Eine so glückliche Verbindung von Form und Inhalt, zusammen mit der großen Idee, die dieser Roman vermitteln will, machen »Pulverschwaden« zu einem einzigartigen Phänomen in der mazedonischen Gegenwartsliteratur.

* * *

Zum Autor

Branislav Gjorgjevski, Jahrgang 1986, ist in der nordma-
zedonischen Hauptstadt Skopje geboren, wo er auch heute lebt und arbeitet, und hat 2009 an der dortigen Juristi-
schen Fakultät sein Studium im Fachgebiet Journalismus ab-
geschlossen. Bereits 2012 hat er eine erste Sammlung von
Erzählungen veröffentlicht: »All diese Gegenden«. Im
März 2015 erschien ein Bändchen mit Kurzprosa unter dem
Titel »Nördlich der Sonne«, das im folgenden Jahr, 2016,
in deutscher Übersetzung herausgegeben wurde: »Abseits der
Balkanroute«. Eine der Kurzgeschichten, »Die Stadt«, wurde von Frau Prof. Christina Kramer (Slavistik Toronto) ins
Englische übertragen (»The City«) und in der Online-Li-
teraturzeitschrift M-Dash publiziert. Anfang April 2018 fand
in Skopje die Präsentation seiner neuesten literarischen Arbeit statt, des Romans »Pulverschwaden«.

Acknowledgements

No part of this book may be reproduced, stored in retrieval system,
or transmitted in any form or by any means, electronic, mechanical,
photocopying, microfilming, recording, or otherwise,
without prior permission from
Bernd E. Scholz.
This applies in particular to reproduction, distribution,
performance, alteration, translation, microfilming and storage and/or
processing in electronic systems, including databases and
online services.

Kein Teil dieses Buchs darf ohne vorherige schriftliche Zustimmung von
Bernd E. Scholz
in irgendeiner Form durch Fotokopie, Mikrofilm oder andere Verfahren
reproduziert oder unter Verwendung elektronischer Systeme verarbeitet,
vervielfältigt oder verbreitet werden. Das gilt insbesondere für
Vervielfältigung, Aufführung, Verbreitung, Bearbeitung, Übersetzung,
Mikroverfilmung und die Einspeicherung
und/oder Verarbeitung in elektronischen Systemen.

Redaktion, Satz und Design Bernd E. Scholz
Covervorlage ©iStock.com/Filo
2020 Printed by Amazon.de

Mit einem Nachwort von Dzvezdan Georgievski

Übersetzt wurde aus dem Mazedonischen von
Erika Beermann (eMail: erika-beermann@gmx.de)
Nach:
Branislav Gjorgjevski
Barutni oblaci. [Pulverschwaden]
Skopje: »Akademski pečat«, 2018, 102 S.
(ISBN 978-608-231-233-0)

As »Book on Demand« and/or»Kindle eBook«
Available at
https://www.amazon.de/
ASIN 392638526X
ISBN 978-3-926385-26-0 (Bernd E. Scholz)

Printed in Poland
by Amazon Fulfillment
Poland Sp. z o.o., Wrocław